中国现代文学大师精品集

戴望舒精品集

本书编写组◎编

世界图书出版公司

广州·北京·上海·西安

图书在版编目（CIP）数据

戴望舒精品集／《中国现代文学大师精品集》编委会编．—广州：
广东世界图书出版公司，2009.4（2024.2重印）
（中国现代文学大师精品集）
ISBN 978－7－5100－0608－1

Ⅰ．戴…　Ⅱ．中…　Ⅲ．文学－作品综合集－中国－现代　Ⅳ．I216.2

中国版本图书馆 CIP 数据核字（2009）第 056433 号

书　　名	戴望舒精品集
	DAIWANGSHU JINGPINJI
编　　者	《中国现代文学大师精品集》编委会
责任编辑	李　钢
装帧设计	三棵树设计工作组
出版发行	世界图书出版有限公司　世界图书出版广东有限公司
地　　址	广州市海珠区新港西路大江冲 25 号
邮　　编	510300
电　　话	020-84452179
网　　址	http://www.gdst.com.cn
邮　　箱	wpc_gdst@163.com
经　　销	新华书店
印　　刷	唐山富达印务有限公司
开　　本	787mm×1092mm　1/16
印　　张	13
字　　数	120 千字
版　　次	2009 年 4 月第 1 版　2024 年 2 月第 11 次印刷
国际书号	ISBN　978-7-5100-0608-1
定　　价	59.80 元

前　言

　　中国现代文学的时间跨度大致为从 1919 年五四运动开始到 1949 年中华人民共和国建立为止。从五四新文化运动到 1937 年抗战爆发为其前半期，从抗战爆发到新中国建立为后半期。

　　世界进入 20 世纪，世界列强把中国变成了半殖民地半封建国家，民族危机感对 20 世纪中国民族的文化心理产生了不可估量的影响，以"天下之中"自诩的中国当政者再也撑不下去了。现代与传统、新思潮与旧意识的斗争愈演愈烈。

　　先是兴起"白话文运动"，接着就是陈独秀和胡适极力倡导文学现代化。从此，就如打开了闸门的洪水，现代文学以汹涌澎湃之势，义无反顾地冲决一切阻力，不可遏止地成就了一片汪洋。因而，一种崭新的文学形态在深重的危机感和中国古典文学厚重的土壤上诞生了。

　　进入 20 世纪 20 年代，现代文学的影响和实践范围进一步拓展，由泛泛的思想和宣传转化为具体而专门的文学实践。

　　全国各大城市风起云涌般地出现了种种刊物，各报纸也纷纷办起了副刊，有意无意地发表了许多散文、小说、小品等白话文学作品，一时竟甚成风气，为现代文学开辟了阵地。全国各地也涌现出了许多青年文学社团，造就了一大批卓有建树的现代文学作家。一时间，写散文，写小说，写诗歌，写小品，写剧本，翻译欧、美、日文学作品……出专集、出结集、出选集……蔚为大观。

　　现代文学的作者们在自己的作品中生动地抒写了自己的禀性、气质、情思、嗜好、习惯、修养、人生经历和人生哲学，生动地表现自己的思想感情和人格；无情地撕破了道貌岸然的面具，彻底地反对封建主义桎梏，完全摒弃了为圣人解经、为圣人立言的旧思想、旧传统，字里行间充满了民族觉醒和自我解放的诉求。这反映了作者们由封闭型思维体系向开放型思维体系的转化，亦即由自

1

我完善、自我调节、自我延续向面对世界、面对新潮、面对社会人生的转化。

当然，各作者的经历不同，其间中西、新旧、激进与保守思想的差异也必然存在。但无论如何，中国现代作家自觉地将文学的内容和形式与时代联系起来，共同地给现代文学规定了明确的目的：即文学的创作是这样一种时代的工作，它本身是历史向未来过渡的一个重要部分。而未来，必然是比以前更加美好的，更加有希望的。

戴望舒是中国现代文学不能或缺的作家之一。

戴望舒（1905～1950），原名戴家，小名海山。戴望舒是他许多笔名中的一个。祖籍江苏南京，生于浙江杭州。8岁进入杭州鹾务小学，14岁～18岁在宗文中学读书。1932年考入由共产党人主持校务的上海大学。1925年上海大学被查封，戴望舒转到震旦大学法文班，准备留学法国。1932年到法国，在里昂中法大学学习并开始翻译工作。1935年因在西班牙参加反法西斯游行，被中法大学开除回国。抗战爆发，1938年，戴望舒举家移居香港。在香港期间，主编《星岛日报星座》副刊、《顶点》诗刊，后在《耕耘》杂志当编委，坚持宣传抗战。香港被日军占领后，他被以从事抗日活动的罪名逮捕入狱。抗战胜利后，戴望舒先后在暨南大学和上海音乐专科学校任教。1949年3月，他离开香港来到北平，参加新中国建设。1950年于北京逝世。

戴望舒是中国现代杰出的诗人、翻译家和古典文学学者。

戴望舒被称为现代派诗人的领袖。著有诗集《我的记忆》、《望舒草》、《灾难的岁月》。

和现代文学史上许多文学家一样，戴望舒生活在一个历史大动荡的时代。他有着浓厚的文化修养和艺术才能，在毕生的文学实践中，戴望舒走出了一条自己的路。

本书选编了戴望舒作品的大部，基本上反映了作者的思想和艺术魅力。

中国现代文学大师精品集编委会

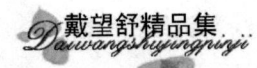

戴望舒精品集

Daiwangshujingpinji

中国现代文学大师

精品集

小　说

翻译作品

戴望舒精品集

中国现代文学大师精品集

散文

我的旅伴

——西班牙旅行记之一

从法国入西班牙境,海道除外,通常总取两条道路:一条是经东北的蒲港(Port-Bou),一条是经西北的伊隆(lrun)。从里昂出发,比较是经由蒲港的那条路近一点,可是,因为可以经过法国第四大城鲍尔陀(Bordeaux),可以穿过"平静而美丽"的伐斯各尼亚(Vasco-nia),可以到蒲尔哥斯(Burgos)去瞻览世界闻名的大伽蓝,可以到伐略道里兹(Valladolid)去寻访赛尔房德思(Cervantes)的故居,可以在"绅士的"阿维拉(Avila)小作勾留,我便舍近而求远,取了从伊隆入西班牙境的那条路程。

一九三四年八月二十二日下午五时,带着简单的行囊,我到了里昂的贝拉式车站。择定了车厢,安放好了行李,坐定了位子之后,开车的时候便很近了。送行的只有友人罗大冈一人,颇有点冷清清的气象,可是久居异乡,随遇而安,离开这一个国土而到那一个国土,也就像迁一家旅舍一样,并不使我起什么怅惘之思,而况在我前面还有一个在我梦想中已变成那样神秘的西班牙在等待着我。因此,旅客们的喧骚声,开车的哨子声,汽笛声,车轮徐徐的转动声,大冈的清爽的 Bonvoyage 声,在我听来便好像是一阕快乐的前奏曲了。

火车已开出站了,扬起的帽子,挥动的素巾,都已消隐在远处了。我还是凭着车窗望着,惊讶着自己又在这永远伴着我的旅途上了。车窗外的风景转着圈子,展开去,像是一轴无尽的山水手卷:苍茫的云树,青翠的牧场,起伏的山峦,绵亘的耕地,这些都在我眼前飘忽过去,但并没有引起我的注意。我的心神是在更远的地方。这样地,一个小站,两个小站过去了,而我却还在窗前伫立着,出着神,一直到一个奇怪的声音把我从梦想中拉出来。

一个奇怪的声音在我的车厢中响着,好像是婴孩的啼声,又好像是妇女的哭声。它从我的脚边发出来;接着,又有什么东西踏在我脚上。我惊奇地回头过去:四张微笑着的脸儿。我向我的脚边望去:一只黄色的小狗。于是我离开了窗口,茫然地在座位上坐了下去。

"这使你惊奇吗,先生?"坐在我旁边的一位中年人说,接着便像一个很熟的朋友似的溜溜地对我说起来："我们在河沿上鸟铺前经过，于是这个小东西就使我女人看了中意了。女人的怪癖！你说它可爱吗，这头小狗？我呢，我还是喜欢猫。哦，猫！它只有两个礼拜呢，这小东西。我们还为它买了牛奶。"他向坐在他旁边的妻子看了一眼。"你说，先生，这可不是自讨麻烦吗？——嘟嘟，别那么乱嚷乱跑！——它可弄脏了你的鞋子吗，先生？"

"没有，先生，"我说，"倒是很好玩的呢，这只小狗。"

"可不是吗？我说人人见了它会喜欢的，"我隔座的女人说。"而且人们会觉得不寂寞一点。"

是的，不寂寞。这头小小的生物用它的尖锐的唤声充满了这在辘辘的车轮声中摇荡里的小小的车厢，像利刃一般地刺到我耳中。

这时，这一对夫妇忙着照顾他们新买来的小狗，给它预备牛奶，我们刚才开始的对话，便因而中止了。趁着这个机会，我便去观察一下我的旅伴们。

坐在我旁边的中年人大约有三十五六岁，养着一撮小胡子，胖胖的脸儿发着红光，好像刚喝过了酒，额上有几条皱纹，眼睛却炯炯有光，像一个少年人。灰色条纹的裤子。上衣因为车厢中闷热已脱去了，露出了白色短袖的 Lacoste 式丝衬衫。从他的音调中，可以听出他是马赛人或都隆一带的人。他的言语服饰举止，都显露出他是一个小 rentier，一个十足的法国小资产阶级者。坐在他右手的他的妻子，看上去有三十岁光景。染成金黄色的棕色的头发，栗色的大眼睛，上了黑膏的睫毛，敷着发黄色的胭脂的颊儿，染成红色的指甲，葵黄色的衫子，鳄鱼皮的鞋子。在年轻的时候，她一定曾经美丽过，所以就是现在已经发胖起来，衰老下去，她还没有忘记了她的爱装饰的老习惯。依然还保持着她的往日的是她的腿胫。在栗色的丝袜下，它们描着圆润的轮廓。

坐在我对面的胖子有四十多岁，脸儿很红润，胡须剃得光光，满面笑容。他在把上衣脱去了，使劲地用一份报纸当扇子挥摇着。在他的脚边，放着一瓶酒，只剩了大半瓶，大约在上车后已喝过了。他头上的搁篮上，又是两瓶酒。我想他之所以能够这样白白胖胖欣然自得，大概就是这种葡萄酒的作用。从他的神气看来，我猜想是开铺子的（后来知道他是做酒生意的）。薄薄的嘴唇证明他是一个好说话的人，可是自从我离开窗口以后，我还没有听到他说过话。大约还没有到时候。恐怕一开口就不会停。

坐在这位胖先生旁边，缩在一隅，好像想避开别人的注意而反引起别人的注意似的，是一个不算难看的二十来岁的女人。穿着黑色的衣衫，老在那儿发呆，好像流过眼泪的有点红肿的眼睛，老是望着一个地方。她也没有带什么行李，大约只作一个短程的旅行，不久就要下车的。

在我把我的同车厢中的人观察了一遍之后，那位有点发胖的太太已经把她的小狗喂过了牛乳，抱在膝上了。

"你瞧它多乖！"她向那现在已不呜呜地叫唤的小狗望了一眼，好像对自己又好像对别

3

人地说。

"呃，这是'新地'种，"坐在我对面的胖先生开始发言了。"你别瞧它现在那么安静，以后它脾气就会坏的，变得很凶。你们将来瞧着吧，在十六七个月之后。呃，你们住在乡下吗？我的意思是说，你们住在巡警之力所不及的僻静的地方吗？"

"为什么？"两夫妇同声说。

"为什么？为什么？为了这是'新地'种，是看家的好狗。难道你们不知道吗？它会很快地长大起来，长得高高地，它的耳朵，也渐渐地会拖得更长。垂下去。它会变得很凶猛。在夜里，你们把它放在门口，你们便可以敞开了大门高枕无忧地睡觉。"

"啊！"那妇人喊了一声，把那只小狗一下放在她丈夫的膝上。

"为什么，太太？"那胖子说。"能够高枕无忧，这还不好吗？而且'新地'种是很不错的。"

"我不要这个。我们住在城里很热闹的街上，我们用不到一只守夜狗。我所要的是一只好玩的小狗，一只可以在出去散步时随手牵着的小狗，一只会使人感到不大寂寞一点的小狗。"那女人回答，接着就去埋怨她的丈夫了："你为什么会这样糊涂！我不是已对你说过好多次了吗，我要买一只小狗玩玩？"

"我知道什么呢？"那丈夫像一个牺牲者似的回答。"这都是你自己不好，也不问一问伙计，而且那时离开车的时间又很近了。是你自己指定了买的，我只不过付钱罢了。"接着对那胖先生说，"我根本就不喜欢狗。对于狗这一门，我是完全外行。我还是喜欢猫。关于猫，我还懂得一点，暹罗种，昂高拉种；狗呢，我一点也不在行。有什么办法呢！"他耸了一耸肩，不说下去了。

"啊，太太，我懂了。你所要的是那种小种狗。"那胖先生说，接着他更卖弄出他的关于狗种的渊博的知识来："可是小种狗也有许多种，Dandie-dinmont，King Charles，Skye-terrier，Pekinois，Loulou，Biehondemalt，Japonais，Bouledogue，terrier anglais a poils durs，以及其他等等，说也说不清楚。你所要的是哪一种样子的呢？像用刀切出来的方方正正的那种小狗呢，还是长长的毛一直披到地上，又遮住了脸儿的那一种？"

"不是，是那种头很大，脸上起皱，身体很胖的有点儿像小猪的那种。以前我们街上有一家人家就养着这样一只，一副蠢劲儿，怪好玩的。"

"啊啊！那叫 Bouledogue，有小种的，也有大种的。我个人不大喜欢它，正就因为它那副蠢劲儿。我个人倒喜欢 King Charles 或是 Japonais。"说到这里，他转过脸来对我说："呃，先生，你是日本人吗？"

"不，"我说，"中国人。"

"啊！"他接下去说，"其实 Pekinois 也不错，我的妹夫就养着一条。这种狗是出产在你们国里的，是吗？"

　　我含糊地答应了他一声,怕他再和我说下去,便拿出了小提箱中的高谛艾(Th. Gautier)的《西班牙旅行记》来翻看。可是那位胖先生倒并没有说下去,却拿起了放在脚边的酒瓶倾瓶来喝。同时,在那一对夫妻之间,便你一句我一句的争论起来了。

　　快九点钟了。我到餐车中去吃饭。在吃得醺醺然地回来的时候,车厢中只剩了胖先生一个人在那儿吃夹肉面包喝葡萄酒。买狗的夫妇和黑衣的少妇都已下车去了。我问胖先生是到哪里去的。他回答我是鲍尔陀。我们于是商量定,关上了车厢的门,放下窗幔,熄了灯,各占一张长椅而卧,免得上车来的人占据了我们的座位,使我们不得安睡。商量既定,我们便都挺直了身子躺在长椅上。不到十几分钟,我便听到胖先生的呼呼的鼾声了。

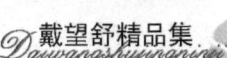

在一个边境的站上

——西班牙旅行记之三

夜间十二点半从鲍尔陀开出的急行列车,在清晨六点钟到了法兰西和西班牙的边境伊隆。在朦胧的意识中,我感到急骤的速率宽弛下来,终于静止了。有人在用法西两国语言报告着:"伊隆,大家下车!"

6

睁开睡眼向车窗外一看,呈在我眼前的只是一个像法国一切小车站一样的小车站而已。冷清清的月台,两三个似乎还未睡醒的搬运夫,几个态度很舒闲地下车去的旅客。我真不相信我已到了西班牙的边境了,但是一个声音却在更响亮地叫过来:

——"伊隆,大家下车!"

匆匆下了车,我第一个感到的就是有点寒冷。是侵晓的冷气呢,是新秋的薄寒呢,还是从比雷奈山间夹着雾吹过来的山风? 我翻起了大氅的领,提着行囊就往出口走。

走出这小门就是一间大敞间,里面设着一圈行李检查台和几道低木栅,此外就没有什么别的东西。这是法兰西和西班牙的交界点,走过了这个敞间,那便是西班牙了。我把行李照别的旅客一样地放在行李检查台上,便有一个检查员来翻看了一阵,问我有什么报税的东西,接着在我的提箱上用粉笔划了一个字,便打发我走了。再走上去是护照查验处。那是一个像车站卖票处一样的小窗洞。电灯下面坐着一个留着胡子的中年人。单看他的炯炯有光的眼睛和他手头的那本厚厚的大册子,你就会感到不安了。我把护照递给了他。他翻开来看了看里昂西班牙领事的签字,把护照上的照片看了一下,向我好奇地看了一眼,问我一声到西班牙的目的,把我的姓名录到那本大册子中去,在护照上捺了印;接着,和我最初的印象相反地,他露出微笑来,把护照交还了我,依然微笑着对我说:"西班牙是一个可爱的地方,到了那里你会不想回去呢。"

真的,西班牙是一个可爱的地方,连这个护照查验员也有他的固有的可爱的风味。

这样地,经过了一重木栅,我踏上了西班牙的土地。

过了这一重木栅，便好像一切都改变了：招纸，揭示牌都有西班牙文写着，那是不用说的，就是刚才在行李检查处和搬运夫用沉浊的法国南部语音开着玩笑的工人型的男子，这时也用清朗的加斯谛略语和一个老妇人交谈起来。天气是显然地起了变化，暗沉沉的天空已澄碧起来，而在云里透出来的太阳，也驱散了刚才的薄寒，而带来了温煦。然而最明显的改变却是在时间上。在下火车的时候，我曾经向站上的时钟望过一眼：六点零一分。检查行李、验护照等事，大概要花去我半小时，那么现在至少是要六点半了吧。并不如此。在西班牙的伊隆站的时钟上，时针明明地标记着五点半，事实是西班牙的时间和法兰西的时间因为经纬度的不同而相差一小时，而当时在我的印象中，却觉得西班牙是永远比法兰西年轻一点。

因为是五点半，所以除了搬运夫和洒扫工役已开始活动外，车站上还是冷清清的。卖票处，行李房，兑换处，书报摊，烟店等都没有开，旅客也疏朗朗地没有几个。这时，除了枯坐在月台上的长椅上或在站上往来蹀躞以外，你是没有办法消磨时间的。到蒲尔哥斯的快车要在八点二十分才开。到伊隆镇上去走一圈呢，带着行李究竟不大方便，而且说不定要走多少路，再说，这样大清早就是跑到镇上也是没有什么多大意思的。因此，把行囊散在长椅上，我便在这个边境的车站上蹀起来了。

如果你以为这个国境的城市是一个险要的地方，扼守着重兵、活动着国际间谍，压着国家的、军事的大秘密，那么你就错误了。这只是一个消失在比雷奈山边的西班牙的小镇而已。提着筐子，筐子里盛着鸡鸭，或是肩着箱笼，二三两两地来乘第一班火车的，是头上裹着包头布的山村的老妇人，面色黝黑的农民，白了头发的老匠人，像是学徒的孩子。整个西班牙小镇的灵魂都可以在这些小小的人物身上找到。而这个小小的车站，它也何尝不是十足西班牙的呢？灰色的砖石，黯黑的木柱子。已经有点腐蚀了的洋铅遮檐，贴在墙上在风中飘着的斑驳的招纸，停在车站尽头处的破旧的货车：这一切都向你说着西班牙的式微、安命、坚忍。西德(Cid)的西班牙，侗黄(DonJuan)的西班牙，吉诃德(Quixote)的西班牙，大仲马或美里梅心目中的西班牙，现在都已过去了，或者竟可以说本来就没有存在过。

的确，西班牙的存在是多方面的。第一是一切旅行指南和游记中的西班牙，那就是说历史上的和艺术上的西班牙。这个西班牙浓厚地渲染着釉彩，充满了典型人物。在音乐上，绘图上，舞蹈上，文学上，西班牙都在这个面目之下出现于全世界，而做着它的正式代表。一般人对于西班牙的观念，也是由这个代表者而引起的。当人们提起了西班牙的时候，你立刻会想到蒲尔哥斯的大伽蓝，格腊拿达的大食故宫，斗牛，当歌舞(Tango)，侗黄式的浪子，吉诃德式的梦想者！塞赖丝谛拿(La Celestina)式的老虔婆，珈尔曼式的吉泊西女子，扇子、披肩巾、罩在高冠上的遮面纱等等，而勉强西班牙人做了你的想象的受难者；而当你到了西班牙而见不到那些开着悠久的岁月的绣花的陈迹，传说中的人物，以及你心目中的西班牙固有产物的时候，你会感到失望而作"去年白雪今安在"之喟叹。然而你要知道这是最表面的西班牙,它的实际的存在是已经在一片迷茫的烟雾之中,而行将只在书史和艺术作品中赓续它的生命了。西班牙的第二个存在是更卑微一点,更穆静一点。那便是风景的西班牙。的确,在整个欧罗巴洲之中,西班牙是风景最胜最多变化的国家。恬静而笼着雾和阴影的伐斯各尼亚,典雅而充溢着光辉的加斯谛拉,雄警而壮阔的昂达鲁西亚,煦和而明朗的伐朗西亚,会使人"感到心被窃获了"的清澄的喀达鲁涅。在西班牙,我们几乎可以看到欧洲每一个国家的典型。或则草木葱茏,山川明媚;或则大山劣荆,峭壁幽深;或则古堡荒寒,困焦幽独;或则千圜澄碧,百里花香,……这都是能使你目不暇给,而至于留连忘返的。这是更有实际的生命,具有易解性(除非是村夫俗子)而容易取好于人的西班牙,因为它开拓了你对于自然之美的爱好之心,而使你衷心地生出一种舒徐的、悠长的、寥寂的默想来,然而最真实的,最深沉的,因而最难以受人了解的却是西班牙的第三个存在。这个存在是西班牙的底奥,它蕴藏着整个西班牙,用一种静默的语言向你说着整个西班牙,代表着它的每日生活,静默至于好像绝灭,可是如果你能够留意观察,用你的小心去理解,那么你可以把握住这个卑微而静默的存在,特别是在那些小城中。这是一个式微的、悲剧的、现实的存在,没有光荣、没有梦想。现在,你在清晨或是午后走进任何一个小城去吧。你在狭窄的小路上,在深深的平静中徘徊着。阳光从静静的闭着门的阳台上坠下来,落着一个砌着碎石的小方场。什么也不来搅扰这寂静;街坊上的叫卖声在远处寂灭了。寺院的钟声已消沉下去了,你穿过小方场,经过一个作坊,一切任何作坊,铁匠的、木匠的或羊毛匠的。你伫立一会儿,看着他们带着那一种的热心,坚忍和爱操作着,你来到一所大屋子前面:半开着的门已朽腐了,门环上满是铁锈,涂着石灰的白墙已经斑驳或生满黑霉了,从门间,你望见了被野草和草苔所侵占了的院子。你当然不推门进去,但是在这墙后面,在这门里面,你会感到有苦痛、沉哀或不遂的愿望静静地躺着。你再走上去,街路上依然是沉静的,一个喷泉淙淙地响着,三两只鸽子振羽作声。一个老妇扶着一个女孩佝偻着走过。寺院的钟迟迟地响起来了,又迟迟地消歇了。……这就是最深沉的西班牙,它过着一个寒伧、静默、坚忍而安命的生活,但是它却具有怎样的使人充塞了深深的爱的魅力啊:而这个小小的车站呢,它可不是也将这奥秘的西班牙呈显给我们看了吗?

当我在车站上来往蹀躞着的时候,我心中这样地思想着。在不知不觉之中,车站中已渐渐地有生气起来了。卖票处、烟摊、报摊,都已陆续地开了门,从镇上来的旅客们,也开始用他们的嘈杂的语音充满了这个小小的车站了。

我从我的沉思中走了出来,去换了些西班牙钱,到卖票处去买了里程车票,出来买了一份昨天的《太阳报》(El Sol),一包烟,然后回到安放着我的手提箱的长椅上去。

长椅上已有人坐着了,一个老妇的几个孩子。一个,两个,三个,四个……一共是四个孩子。而且最大的一个十一二岁的孩子,已经在开始一张一张地撕去那贴在我提箱上的各地旅馆的贴纸了。我移开箱子坐了下来。这时候,有两个在我看来很别致的人物出现了。

那是邮差、军人和京戏上所见的文官这三种人物的混合体。他们穿着绿色白的制服，佩着剑，头面上却戴着像乌纱帽一般的黑色漆布做的帽子：这制服的色彩和灰暗而笼罩着阴阴的尼斯各尼亚的土地以及这个寒伧的小车站显得一种异样的不调和，那是不用说的；而就是在一身之上，这制服、佩剑和帽子之间，也表现着绝端的不一致。"这是西班牙固有的驳杂的一部分吧，"我这样想。

七点钟了。开到了一列火车，然而这是到桑当德尔（Santander）去的。火车开了，车站一时又清冷起来。要等到八点二十分呢。

我静穆地望着铁轨，目光随着那在初阳之下闪着光的两条铁路的线伸展过去，一直到了迷茫的天际；在那里，我的神思便飘举起来了。

西班牙的铁路

——西班牙旅行记之四

田野的青色小径上

铁的生客就要经过，

一只铁腕行将收尽

晨曦所播下的禾黍。

这是俄罗斯现代大诗人叶赛宁的诗句。当看见了俄罗斯的恬静的乡村一天天地被铁路所侵略，并被这个"铁的生客"所带来的近代文明所摧毁的时候，这位憧憬着古旧的、青色的俄罗斯，歌咏着猫、鸡、马、牛，以及整个梦境一般美丽的自然界的，俄罗斯的"最后的田园诗人"，便不禁发出这绝望的哀歌来，而终于和他的古旧的俄罗斯同归于尽。

和那吹着冰雪的风，飘着忧郁的云的俄罗斯比起来，西班牙的土地是更饶于诗情一点。在那里，一切都邀人入梦，催人怀古：一溪一石、一树一花，山头碉堡，风际牛羊……当你静静地观察着的时候，你的神思便会飞越到一个更迢遥更幽古的地方去，而感到自己走到了一种恍惚一般的状态之中去，走到了那些古诗人的诗境中去。

这种恍惚，这种清丽的或雄伟的诗境，是和近代文明绝缘的。让魏特曼或凡尔哈仑去歌颂机械和近代生活吧，我们呢，我们宁可让自己沉浸在往昔的梦里。你要看一看在"铁的生客"未来到以前的西班牙吗？在《大食故宫余载》（一八三二）中，华盛顿·欧文这样地记着他从塞维拉到格腊拿达途中的风景的一个片断：

……见旧堡，遂徘徊于堡中久之。……堡踞小山，山跌瓜低拉河萦绕如带，河身非广，潺潺作声，绕堡而逝。山花覆水，红鲜欲滴。绿阴中间出石榴佛手之树，夜莺嘤鸣其间，柔婉动听。去堡不远，有小桥跨河而渡；激流触石，直犯水礁。礁房环以黄石，那当日堡人用以屑面者。渔滕巨网，晒诸黄石之塘；小舟横陈，即隐

绿阴之下。村妇衣红衣过桥,倒影入作绛色,渡过绿漪而没。等流连景光,恨不能画……(据林纾译文)

这是幽蒨的风光,使人流连忘返的;而在乔治·鲍罗的《圣经在西班牙》(一八四三)中,我们又可以看到加斯谛尔平原的雄警壮阔的姿态:

> 这天酷热异常,于是我们便缓缓地在旧加斯谛尔的平原上取道前进。说起西班牙,旷阔和宏壮是总要联想起的;它的山岳是雄伟的,而它的平原的雄伟也不少逊;它舒展出去,坱圠无垠,但却也并不坦坦荡荡,满目荒芜,像俄罗斯的草原那样。崎岖硗埆的土地触目皆是:这里是寒泉所冲泻成的深涧和幽壑;那里是一个嶙峋而荒蛮的培塿,而在它的顶上,显出了一个寂寥的孤村。欢欣快乐的成分很少,而忧郁的成分却很多。我们偶然可以看见有几个孤独的农夫,在田野间操作——那是没有分界的田野,不知橡树、榆树或槐树为何物;只有悒郁而悲凉的松树,在那里炫耀着它的金字塔一般的形式,而绿草也是找不到的。这些地域中的旅人是谁呢?大部分是驴夫,以及他们的一长列一长列系着单调地响着的铃子的驴子。……

在这样的背景上,你想吧,近代文明会呈显着怎样的丑陋和不调和,而"铁的生客"的出现,又会怎样地破坏了那古旧的山川天地之间相互的默契和熟稔,怎样地破坏了人和自然界之间的融和的氛围气!那爱着古旧的西班牙,带着一种深深的怅惘数说着它的一切往昔的事物的阿索林,在他的那本百读不厌的小书《加斯谛拉》中,把西班牙的历史缩成了三幅动人的画图——十六世纪的、十九世纪的和现代的——,现在,我们展开这最后一幅画图来吧:

> ……那边,在地平线的尽头,那些映现在澄澈的天宇上的山岗,好像已经被一把刀所砍断了。一道深深的挺直的罅隙穿过了它们;从这罅隙间,在地上,两条又长又光亮的平行的铁条穿了出来,节节地越过了整个原野。立刻,在那些山岗的断处,显现出了一个小黑点:它动着,急骤地前进,一边在天上遗留下一长条的烟。它已来到平原上了。现在,我们看见一个奇特的铁车和它的喷出一道浓烟来的烟突,而在它的后面,我们看见了一列开着小窗的黑色的箱子,从那些小窗间,我们可以辨出许多男子的和妇女的脸儿来,每天早晨,这个铁车和它的那些黑色的箱子在远方现出来;它散播着一道道的烟,发着尖锐的啸声,急骤得使人目眩地奔跑着而进城市的一个近郊去……

铁路是在哪一种姿态之下在那古旧的西班牙出现，我们已可以在这幅画图中清楚地看到了。

的确，看见机关车的浓烟染黑了他们的光辉的和朦朦的风景，喧嚣的车声打破了他们的恬静，单凋的铁轨毁坏了他们的山川的柔和或刚强的线条，西班牙人是怀着深深的遗憾的。西班牙的一切，从峻嶒的比雷奈山起一直到那伽尔陀思（Galedos）所谓"逐出外国的侵犯"的那种发着辛烈的臭味的煎油为止，都是抵抗着那现代文明的闯入的。所以，那"铁的生客"的出现，比在欧美各国都要迟一点，西班牙最早的几条铁路，从巴塞洛拿（Barcelona）到马达罗（Mataro）那条是在一八四八年建立的，从玛德里到阿朗胡爱斯（Aranjnez）的那条更迟四年，是在一八五一年才筑成。而在建筑铁路之前，又是经过多少的困难和周折啊。

在一八三〇年，西班牙人已知道什么是铁路了。马尔赛里诺·加莱罗（Marcelino Calero）在一八三〇年出版了他的那本在英国印刷的，建筑一个从边境的海雷斯到圣玛丽港的铁路的计划书。在这本计划书后面，还附着一张地图和一幅插绘，是出自"拉蒙·赛沙·德·龚谛手笔"的。插绘上画着一列火车，喷着黑烟，驰行在海滨，而在海上，却航行着一只有着又高又细的烟筒的汽船。这插绘是有点幼稚的，然而它却至少带了一些火车的概念来给当时的西班牙人。加莱罗的这个计划没有实现，那是当然的事，然而在那些喜欢新的事物的人们间，火车便常被提到了。

七年之后，在一八三七年，季崖尔莫·罗佩（Guillermo Lobe）做了一次旅行，从古巴到美国，从美国又到欧洲。而在一八三九年，他在纽约出版了他的那部《在美国，法国和英国的旅行中给我的孩子们的书翰》。罗佩曾在美国和欧洲研究铁路，而在他的信上，铁路是常常讲到的。他希望西班牙全国都布满了铁路，然而他的愿望也没有很快地实现。以后，文人学土的关于铁路的记载渐渐地多起来了。在一八四一年美索奈罗·洛马诺思

12

(Mesonero Romanos)发表了他的《法比旅行回忆记》;次年,莫代思多·拉福安德(Modesto Lauyente)发表了他的《修士海龙第奥的旅行记》第二卷。这两部游记中对于铁路都有详细的叙述,而尤以后者为更精密而有系统。这两位游记的作者都一致地公认火车旅行的诗意(这是我们所难以领略的)。美索奈罗在他的记游文中描写着铁路的诗意的各方面,在白昼的或在黑夜的。而拉福安德也沉醉于车行中所见的光景。他写着,"这是一幅绝世的惊人的画图;而在暗黑的深夜中看起来,那便千倍地格外有趣味,格外有诗意。"

然而,就在这一八四二年的三月十四日,当元老院开会议论开筑一条从邦泊洛拿经巴斯当谷通到法兰西去的普通官路的时候,那元老议员却说:"我的意见是,我们永远无沦如何也不应该弄平了比雷奈山;反之,我们应该在原来的比雷奈山上,再加上一重比雷奈山。"多少的西班牙人会同意于这个意见啊!

在一八四四年,西班牙著名的数学家玛里阿诺·伐烈何(Mriano Vallejo)出版了一本题名为《铁路的新建筑》的书。这位数学家是一位折中主义者。他愿望旅行运输的便利,但他也好像不大愿意机关车的黑烟污了西班牙的青天,不大愿意它的尖锐的汽笛声冲破了西班牙的原野的平静。我们的这位伐烈何主张仍旧用牲口去牵车子,只不过那车子是在铁轨上滑行着罢了。可是,这个计划也还是没有被采用。

从一八四五年起,西班牙筑铁路的计划渐次地具体化了。报纸上继续地论着铁路的利益,资本家踊跃地想投资,而一批一批的铁路专家技师,又被从国外聘请来。一八四五年五月三十日,玛德里的《传声报》记载着阿维拉、莱洪、玛德里铁路企业公司的主持者之一华尔麦思莱(Sir J. Walmsley)抵京进行开筑铁路的消息;六月二十二日,玛德里的《日报》上载着五位英国技师经过伐拉道里兹,测量从比尔鲍到玛德里的铁路路线的消息;七月三日,《传声报》又公布了筑造法兰西西班牙铁路的计划,并说一个英国工程师的委员会,也已制成了路线的草案并把关于筑路的一切都筹划好了;而在九月十八日的《日报》上,我们又可以看到工程师勃鲁麦尔(Brumel)和西班牙北方皇家铁路公司的一行技师的到来。以后,这一类的消息还是不绝如缕,然而这些计划的实现却还需要许多岁月,还要经过十年、十五年、二十年。一八四八年巴塞洛拿和马达罗之间的铁路,一八五一年玛德里和阿朗胡爱斯之间的铁路,只能算是一种好奇心的满足而已。

从这些看来,我们可以见到这"铁的生客"在西班牙是遇到了多么冷漠的款待,多么顽强的抵抗。那些生野的西班牙人宁可让自己深闭在他们的家园里(真的,西班牙是一个大园林),亲切地、沉默地看着那些熟稔的花开出来又凋谢,看着那些祖先所抚摩过的遗物渐渐地涂上了岁月的色泽,而对于一切不速之客,他们都怀着一种隐隐的憎恨。

现在,在我面前的这条从法兰西西班牙的边境到玛德里去的铁路,是什么时候完成的呢?这个文献我一时找不到。我所知道的是,一直到一八六〇年为止,这条路线还没有完工。一八五九年,阿尔都罗·马尔高阿尔都(Arturo Marcoartu)在他替《一八六〇闰年"伊

13

倍里亚"政治文艺年鉴》所写的那篇关于铁路的文章中，这样地告诉我们：在一八五九年终，北方铁路公司已有六五〇基罗米突的铁路正在筑造中；没有动工的尚有七十三基罗米突。

在我面前，两条平行的铁轨在清晨的太阳下闪着光，一直延伸出去，然后在天涯消隐了。现在，西班牙已不再拒绝这"铁的生客"了。它翻过了西班牙的重重的山峦，度过了它的广阔的平原，跨过它的潺潺的溪涧，湛湛的江河，披拂着它的晓雾暮霭，掠过它的松树的针，白杨的叶，橙树的花，喷着浓厚的黑烟，发着刺耳的汽笛声，隆隆的车轮声，每日地，在整个西班牙骤急地驰骋着了。沉在梦想中的西班牙人，你们感到有点轻微的怅惘吗，你们感到有点轻微的惋惜吗？

而我，一个东方古国的梦想者，我就要跟着这"铁的生客"，怀着进香者一般虔诚的心，到这梦想的国土中来巡礼了。生野的西班牙人，生野的西班牙土地，不要对我有什么顾虑吧。我只不过来谦卑地，小心地，静默地分一点你们的太阳，你们的梦，你们的怅惘和你们的惋惜而已。

14

巴黎的书摊

在滞留巴黎的时候,在羁旅之情中可以算做我的赏心乐事的有两件:一是看画,二是访书。在索居无聊的下午或傍晚,我总是出去,把我迟迟的时间消磨在各画廊中和河沿上。关于前者,我想在另一篇短文中说及,这里,我只想来谈一谈访书的情趣。

其实,说是"访书",还不如说在河沿上走走或在街头巷尾的各旧书铺进出而已:我没有要觅什么奇书孤本的蓄心,再说,现在已不是在两个铜元一本的木匣里翻出一本Patissier Francais的时候了。我之所以这样做,无非为了自己的癖好,就是摩挲观赏一回空手而返,私心也是很满足的,况且薄暮的赛纳河又是这样地窈窕多姿!

我寄寓的地方是 Rue de L'Echaude,走到赛纳河边的书摊,只须沿着赛纳路步行约摸三分钟就到了。但是我不大抄这近路,这样走的时候,赛纳路上的那些画廊总会把我的脚步牵住的。再说,我有一个从头看到尾的癖,我宁可兜远路顺着约可伯路,大学路一直走到巴克路,然后从巴克路走到王桥头。

赛纳河左岸的书摊,便是从那里开始的,从那里到加路赛尔桥,可以算是书摊的第一个地带,虽然位置在巴黎的贵族的第七区,却一点也找不出冠盖的气味来。在这一地带的书摊,大约可以分这几类:第一是卖廉价的新书的,大都是各书店出清的底货,价钱的确公道,只是要你会还价,例如旧书铺里要卖到五六百法郎的勒纳尔(J. Renard)的《日记》,在那里你只需化二百法郎光景就可以买到,而且是崭新的。我的加梭所译的赛尔房德思的《模范小说》,整批的《欧罗巴杂志丛书》,便是从那儿买来的。这一类书在别处也有,只是没有这一带集中吧。其次是卖英文书的.这大概和附近的外交部或奥莱昂车站多少有点关系吧。可是这些英文书的买主却并不多,所以化两三个法郎从那些冷清清的摊子里把一本初版本的《万牲园里的一个人》带回寓所去,这种机会,也是常有的。第三是卖地道的古版书的,十七世纪的白羊皮面书,十八世纪饰花的皮脊书等等,都小心地盛在玻璃的书框里,上了锁,不能任意地翻看,其他价值较次的古书,则杂乱地在木匣中堆积着,对着这一大堆你挤我挤着的古老的东西,真不知如何下手。这种书摊前比较热闹一点,买书大多数是中

15

年人或老人。这些书摊上的书，如果书摊主是知道值钱的，你便会被他敲了去，如果他不识货，你便占了便宜来。我曾经从那一带的一位很精明的书摊老板手里，化了五个法郎买到一本一七六五年初版本的 Du Laurens 的 Imirce，至今犹有得意之色：第一因为 Imirce 是一部禁书，其次这价钱实在太便宜也。第四类是卖淫书的，这种书摊在这一带上只有一两个，而所谓淫书者，实际也仅仅是表面的，骨子里并没有什么了不得，大都是现代人的东西，写来骗骗人的。记得靠近王桥的第一家书摊就是这一类的，老板娘是一个四五十岁的虔婆，当我有一回逗留了一下的时候，她就把我当做好主顾而怂恿我买，使我留下极坏的印象，以后就敬而远之了。其实那些地道的"珍秘"的书，如果你不愿出大价钱，还是要费力气角角落落去寻的，我曾在一家犹太人开的破货店里一大堆废书中，翻到过一本原文的 Cleland 的 Fanny Hill，只出了一个法郎买回来，真是意想不到的事。

从加路赛尔桥到新桥，可以算是书摊的第二个地带。在这一带，对面的美术学校和钱币局的影响是显著的。在这里，书摊老板是兼卖版画图片的，有时小小的书摊上挂得满目琳琅，原张的蚀雕，从书本上拆下的插图，戏院的招贴，花卉鸟兽人物的彩图，地图，风景片，大大小小各色俱全，反而把书列居次位了。在这些书摊上，我们是难得碰到什么值得一翻的书的，书都破旧不堪，满是灰尘，而且有一大部分是无用的教科书，展览会和画商拍卖的目录。此外，在这一带我们还可以发现两个专卖旧钱币纹章等而不卖书的摊子，夹在书摊中间，做一个很特别的点缀。这些卖画卖钱币的摊子，我总是望望然而去之的，（记得有一天一位法国朋友拉着我在这些钱币摊子前逗留了长久，他看得津津有味，我却委实十分难受，以后到河沿上走，总不愿和别人一道之。）然而在这一带却也有一两个很好的书摊子。一个摊子是一个老年人摆的，并不是他的书特别比别人丰富，却是他为人特别和气，和他交

易,成功的回数居多。我有一本高克多(Cocteau)亲笔签字赠给诗人费尔囊·提华尔(Fernand Divoire)的 Le Grand Ecart,便是从他那儿以极廉的价钱买来的,而我在加里马尔书店买的高克多亲笔签名赠给诗人法尔格(Fargue)的初版本 Opera,却使我化了七十法郎。但是我相信这是他错给我的,因为书是用蜡纸包封着,他没有拆开来看一看;看见了那献辞的时候,他也许不会这样便宜卖给我。另一个摊子是一个青年人摆的,书的选择颇精,大都是现代作品的初版和善本,所以常常得到我的光顾。我只知道这青年人的名字叫昂德莱,因为他的同行们这样称呼他,人很圆滑,自言和各书店很熟,可以弄得到价廉物美的后门货,如果顾客指定要什么书,他都可以设法。可是我请他弄一部《纪德全集》,他始终没有给我办到。

可以划在第三地带的是从新桥经过圣米式尔场到小桥这一段。这一段是赛纳河左岸书摊中的最繁荣的一段。在这一带,书摊都比较整齐一点,而且方面也多一点,太太们家里没事想到这里来找几本小说消闲,也有;学生们贪便宜想到这里来买教科书参考书,也有;艺艺爱好者到这里来寻几本新出版的书,也有;学者们要研究书.藏书家要善本书,猎奇者要珍秘书,都可以在这一带获得满意而回。在这一带,书价是要比他处高一些,然而总比到旧书铺里去买便宜。健吾兄觅了长久才在圣米式尔大场的一家旧书店中觅到了一部《龚果尔日记》,化了六百法郎喜欣欣的捧了回去,以为便宜万分,可是在不久之后我就在这一带的一个书摊上发现了同样的一部,而装订却考究得多,索价就只要二百五十法郎,使他悔之不及。可是这种事是可遇而不可求的,跑跑旧书摊的人第一不要抱什么一定的目的,第二要有闲暇有耐心,翻得有劲儿便多翻翻,翻倦了便看看街头熙来攘往的行人,看看旁边赛纳河静静的逝水,否则跑得腿酸汗流,眼花神倦,还是一场没结果回去。话又说远了,还是来

17

说这一带的书摊吧，我说这一带的书较别带为贵，也不是胡说的，例如整套的 Echanges 杂志，在第一地带中买只须十五个法郎，这里却一定要二十个，少一个不卖；当时新出版原价是二十四法郎的 Celine 的 Voyage au bout de la nuit，在那里买也非十八法郎不可，竟只等于原价的七五折。这些情形有时会令人生气，可是为了要读，也不得不买回去。价格最高的是靠近圣米式尔场的那两个专卖教科书参考书的摊子。学生们为了要用，也不得不硬了头皮去买，总只买新书便宜点。我从来没有做过这些摊子的主顾，反之他们倒做过我的主顾。因为我用不着的参考书，在穷极无聊的时候总是拿去卖给他们的。这里，我要说一句公平话：他们所给的价钱的确比季倍尔书店高一点。这一带专卖近代善本书的摊子只有一个，在过了圣米式尔场不远快到小桥的地方。摊主是一个不大开口的中年人，价钱也不算顶贵，只是他一开口你就莫想还价，就是答应你还也是相差有限的，所以看着他陈列着的《泊鲁思特全集》，插图的《天方夜谭》全译本，Chirico 插图的阿保里奈尔的 Calligrammes，也只好眼红而已。在这一带，诗集似乎比别处多一些，名家的诗集化四五个法郎就可以买一册回去，至于较新一点的诗人的集子，你只要到一法郎或甚至五十生丁的木匣里去找就是了。我的那本仅印百册的 Jean Gris 插图的 Reverdy 的《沉睡的古琴集》，超现实主义诗人 Gui Rosey 的《三十年战争集》等等，便都是从这些廉价的木匣子里翻出来的。还有，我忘记说了，这一带还有一两个专卖乐谱的书铺，只是对于此道我是门外汉，从来没有去领教过罢了。

18

　　从小桥到须里桥那一段，可以算是河沿书摊的第四地带，也就是最后的地带。从这里起，书摊便渐渐地趋于冷落了。在近小桥的一带，你还可以找到一点你所需要的东西，例如有一个摊子就有大批 N. R. P. 和 Grasset 出版的书，可是那位老板娘讨价却实在太狠，定价十五法郎的书总要讨你十二三个法郎，而且又往往要自以为在行，凡是她心目中的现代大作家，如摩里阿克，摩洛阿，爱眉（Ayme）等，就要敲你一笔竹杠，一点也不肯让价；反之，像拉尔波，茹昂陀，拉第该，阿朗等优秀作家的作品，她倒肯廉价卖给你。从小桥一带再走过去，便每况愈下了。起先是虽然没有什么好书，但总还能维持河沿书摊的尊严的摊子，以后呢，卖破旧不堪的通俗小说杂志的也有了，卖陈旧的教科书和一无用处的废纸的也有了，快到须里桥那一带，竟连卖破铜烂铁，旧摆设，假古董的也有了；而那些摊子的主人呢，他们的样子和那在下面赛纳河岸上喝劣酒，钓鱼或睡午觉的街头巡阅使（Clochard），简直就没有什么大两样。到了这个时候，巴黎左岸书摊的气运已经尽了，你的腿也走乏了，你的眼睛也看倦了，如果你袋中尚有余钱，你便可以到圣日尔曼大街口的小咖啡店里去坐一会儿，喝一杯儿热热的浓浓的咖啡，然后把你沿路的收获打开来，预先摩挲一遍，否则如果你已倾了囊，那么你就走上须里桥去，倚着桥栏，俯看那满载着古愁并饱和着圣母祠的钟声的，赛纳河的悠悠的流水，然后在华灯初上之中，闲步缓缓归去，倒也是一个经济而又有诗情的办法。

说到这里，我所说的都是赛纳河左岸的书摊，至于右岸的呢，虽则有从新桥到沙德莱场，从沙德莱场到市政厅附近这两段，可是因为传统的关系，因为所处的地位的关系，也因为货色的关系，它们都没有左岸的重要。只在走完了左岸的书摊尚有余兴的时候或从卢佛尔(Louvre)出来的时候，我才顺便去走走，虽然间有所获，如查拉的 L'homme approximatif 或卢梭(Henri Rousseau)的画集，但这是极其偶然的事；通常，我不是空手而归，便是被那街上的鱼虫花鸟店所吸引了过去。所以，原意去"访书"而结果买了一头红颈雀回来，也是有过的事。

法国通信

（关于文艺界的反法西斯谛运动）

20

自从希特拉掌握德国政权以来，德国便处于一个绝端的法西斯谛的恐怖之中；德国的智识阶级，也逢到了他的厄运。据我们现在所知道的，加特·考尔维茨（Kate Kollwitz）和亨利希·曼（Heinrich Mann）是被逐出国家学院了；作家如吉希（Kisch），路德维希·雷恩（Ludwich Renn），勃莱赫特（Brecht），和平主义者如莱卜曼·区尔比德（Lebman Kuerbild），封·奥西次基（Von Ossietzky）等等，都被投入牢狱了；艺术家如莱因哈特（Reinhardt）是逃亡了；连世界的大学者爱因斯坦，也免不掉家里被查抄，存款被没收。劳动者和犹太人的虐杀，那更是天天有的家常便饭。在德国，人们已回复到野蛮时期了。我们能相信这是歌德，海纳，华格纳，贝多芬的家乡吗？

得到昂德列·纪德（Andre Gide）的参加，法国 A. E. A. R.（革命文艺家协会）在三月二十一日召集了一次大会，而在这次大会上提出了对于德国法西斯谛的恐怖的最猛烈的反抗。

在法国文坛中，我们可以说纪德是"第三种人"。虽然去年有说纪德曾加入过共产党的这个谣言，其实，自从他在 1891 年发表他的第一部名著《安德列·华尔特的手记》(Cahiers d' André Walter)起，一直到现在为止，他始终是一个忠实于他的艺术的人。然而，忠实于自己的艺术的作者，不一定就是资产阶级的"帮闲者"，法国的革命作家没有这种愚蒙的见解（或再不如说是精明的策略吧），因此，在热烈的欢迎之中，纪德便在群众之间发言了。

在晚间八点钟，当我到大东方堂去的时候，不但演讲堂中人已经挤满，甚至加代路上也站满了等机会挤进去的人群了。幸而找到了 A. E. A. R. 的秘书伐扬·古久列（Vaillant Coutuher），我才得排开了群众，在会场上占到了一个席位。

在不断的拍掌欢呼声中，纪德站起来了。他在群众中发言，这是第一次。现在我试将

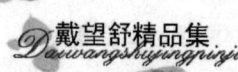

他用洪亮而稍稍有点颤动的声音所说出来的话，移译在下面：

　　我很荣幸置身于诸君之间，而表示我对于我有许多朋友在其间的这作家和艺术家之群的同情，他们比一切都使我更感到关切。

　　我只是一个发言人，无论如何我是没有主槌者的资格的。我很愿意在说了几句话之后，离开了这个讲坛，而混入听众之中去。

　　一个极大的通共的痛苦，那由德国最近的悲剧的事件所惹起的痛苦，使我们聚集在此地。这有些人崇拜的国家主义者的重握政权，由于恐怖，由于竞争和抬价拍卖的需要，有撞到一个可怕的冲突上去的危险。这个冲突，有些人却期望着；或者他们不公然地期望着，但他们的行动却弄得使这个冲突成为不可免的事。把我们聚集在此地的，我相信是一种的信念，这信念便是只有一种高出于国家的利害的利害，一种不同的民族所共有着的，使这些民族联合起来而不是使他们对立起来的利害。社会争斗在各地都是同样的，而那些被派出去交战的民众（他们是不完全了解那交战的理由的，如果他们真的知道了，他们当然不会赞同的），他们各自都有着他们已渐渐明白起来的那同样的深切的利害关系。丧身在欧洲大战期中的兵士是受了欺骗了。人们使他们坚信他们是"以战争对付战争"，而用了这个我们早就应该纠正的荒谬的口号，人们叫他们牺牲生命。如果他们能预见到现在欧洲所生的危境，那么谁能说他们之中有多少人会去做这种英雄性的牺牲呢？如果他们能够复活的话，那么谁能说他们之中有多少人现在还会答应去做这种牺牲呢？不，同志们，我们知道"以战争对付战争"的惟一的态度，那便是每一个人，每一个民族，在他自己的国家中向帝国主义宣战；因为一切的帝国主义是必然地产生战争的。

　　诸君是都被牛津的勇敢的大学生们的非常的动议所感动了。曼却斯特的大学生的动议不久也应之而起。这些大学生之中，或许还有一大部分保持着这个幻梦：只要不参与其间，抵抗是可以消极性的。我承认，这也是我长久的幻梦。咳，这样的一种抵抗，是有立刻被扫除了的危险的。但是，要采取另一种抵抗的方式——我的意思是说要使这个抵抗有效——那么我们必须要有一个最大的联合：一个在你们之间的密切的联合和各国的全部劳动阶级的联合。

　　使我们聚集在此地的，是德国民众的重要的一部分（正就是我们能够希望并应该希望互通声气的一部分），受到了钳制嚖塞是件很严重的事。虽则希特拉当加以极大的压制，他们是总不能被消灭掉的；但是人们却消除了他们的声音。人们消除了他们的发言权，甚至消除了他们的发言的可能：他们已没有了申诉的权利，而他们的抗议也被遏住了。

21

有人会对我说:"在苏联也是这样的。"那是可能的事;但是目的却是完全两样的,而且,为了要建设一个新社会起见,为了把发言权给与那些一向做着受压迫者,一向没有发言权的人们起见,不得已的矫枉过正是也免不掉的事。

我为什么并怎样会在这里赞同我在那边所反对的事呢?那就是因为我在德国的恐怖政策中,见到了最可叹最可怜的过去的再演。在苏联社会的创设中,我却见到一个未来的无限的允约。

主张说那些没有说过话的人们(受压迫的个人或民众,种族或社会阶级)是无话可说,实在是荒谬之谈。他们曾经受过强力的压制,被人弄得呆木了,以致连他们的声诉也是格格不吐的了。那占着发言权的统治者们,主张保留这个特权。他们把它保留了长久。而现在,当他们有被夺去了这种特权的危险的时候,他们便格外说得高,说得响了。人类的历史是一切当初被羁囚的人们的迟缓而苦痛的向光明前进的历史。虽则是暂时地迟缓了一点,但是这向解放的推行,总还是不可免的,而且任何帝国主义也都没有阻止它的能力的。

我们现在对于德国的受压迫的一部分有什么办法呢?那些比我更胜任的人们当然将对诸君把那办法说明的,我很高兴让他们来说。

事情是在乎和德国的被压迫者联合起来;事情第一在乎在我们之间联合起来。我想一切将发言的人们都感到这一点吧;我希望他们格外关心于那使我们今天聚在一起的公共的国际的利害,而去开了一切可以引起内讧的动机。

纪德的发言结束了,但是他并没有离开讲坛而混到听众中去,他坐下来;现在,他喝着水,吸着烟,望着四周的群众,微笑着,呼吸着窒热的空气,听着其他的人发言了。

继续着他发言的,是贝留思(Berlioz),《巴黎的郊外》(Faubourgsde Paris)的作者达连比特(Eugene Dabit),昂多纳(A. P. Antoine),医士达尔沙士(Dalsace),画家奥上方(Ozenfant),《欧罗巴》月刊主编葛诺(Guehenno),茹尔丹(Francis Jourdain),勒加希(Bernard Lecache),超自然主义诗人爱吕阿(Eluard),《王道》(Lavoieroyale)作者马尔罗(Mairaux),维拉(Willard),华龙教授(Wallon),他们都用热烈的,透彻的话攻击德国法西斯谛的残暴,并指示出必然的出路。

在群众的欢呼声中,由一个隐名的德国作者向法国文艺界致谢之后,伐扬·古久列便把这天的集会下了一个结论,他说:"我们不是向德国民族宣战,却是向全部资本主义制度宣战。"

由纪德宣读了议决案(其实纪德只念了一半,因为嗓子不好,由伐扬继续念完的),听众一致附议后,这场热烈的集会才告了结束。

我不知道我国对于德国法西斯谛的暴行有没有什么表示。正如我们的军阀一样,我们的文艺者也是勇于内战的。在法国的革命作家们和纪德携手的时候,我们的左翼作家想必还是在把所谓"第三种人"当做惟一的敌手吧!

三月二十三日巴黎

附笔:加入这个战役的,尚有巴比塞,罗曼·罗兰,维德拉(Vildrao)勃洛克(Jean-Riclard Block),杜尔丹(Durtain),及超自然主义者之群阿拉公(Aragon),勃勒东(A. Breton),夏尔(R. Char),克勒维(R. Crevel),葛乃斯特(Max Ernest),贝莱(B. Peret),查拉(Tristan Tzara),于宜克(P. Unik),布纽尔(L. Bunuel)等等。

23

都德的一个故居

凡是读过阿尔封思·都德(Alphonse Daudet)的那些使人心醉的短篇小说和《小物件》的人,大概总记得他记叙儿时在里昂的生活的那几页吧。(按:《小物件》原名 Le Petit-Chose,觉得还是译作《小东西》妥当。)

都德的家乡本来是尼麦,因为他父亲做生意失败了,才举家迁移到里昂去。他们之所以选了里昂,无疑因为它是法国第二大名城,对于重兴家业是很有希望的。所以,在一八四九年,那父亲万桑·都德(Vincent Daudet)便带着他的一家子,那就是说他的妻子,他的三个儿子,他的女儿阿娜和那就是没有工钱也愿意跟着老东家的忠心的女仆阿奴,从尼麦搭船顺着罗纳河来到了里昂。这段路竞走了二天。在《小物件》中,我们可以看见他们到里昂时的情景:

> 在第三天傍晚,我以为我们要淋一阵雨了。天突然阴暗起来,一片浓浓的雾在河上飘舞着。在船头上,已点起了一盏大灯,真的:看到这些兆头,我着急起来了……在这个时候,有人在我旁边说:"里昂到了!"同时,那个大钟敲了起来。这就是里昂。

里昂是多雾出名的,一年四季晴朗的日子少,阴霾的日子多,尤其是入冬以后,差不多就终日在黑沉沉的冷雾里度过生活,一开窗雾就往屋子里扑,一出门雾就朝鼻子里钻,使人好像要窒息似的。在《小物件》里,我们可以看到都德这样说:

> 我记得那罩着一层烟煤的天,从两条河上升起来的一片永恒的雾。天并不下雨,它下着雾,而在一种软软的氛围气中,墙壁淌着眼泪,地上出着水,楼梯的扶手摸上去发黏。居民的神色,态度,语言,都觉到空气潮湿的意味。

一到了这个雾城之后，都德一家就住到拉封路去。这是一条狭小的路，离罗纳河不远，就在市政厅西面。我曾经花了不少的时间去找，问别人也不知道，说出是都德的故居也摇头。谁知竟是一条阴暗的陋巷，还是自己瞎撞撞到的。

那是一排很俗气的屋子，因为街道狭的原故，里面暗是不用说，路是石块铺的，高低不平，加之里昂那种天气，晴天也像下雨，一步一滑，走起来很吃劲。找到了那个门口，以为会柳暗花明又一村，却仍然是那股俗气：一扇死板板的门，虚掩着，窗子上倒加了铁栅，黝黑的墙壁淌着泪水，像都德所说的一样，伸出手去摸门，居然是发黏的：这就是都德的一个故居！而他们竟在这里住了三年。

这就是《小物件》卫所说的"偷油婆婆"（Babarotte）的屋子。所谓"偷油婆婆"者，是一种跟蟑螂类似的虫，大概出现在厨房里，而在这所屋里它们四处地爬。我们看都德怎样说吧：

> 在拉封路的那所屋子里，当那女仆阿奴安顿到她的厨房里的时候，一跨进门槛就发了一声急喊："偷油婆婆！偷油婆婆！"我们赶过去。怎样的一种光景啊！厨房里满是那些坏虫子。在碗橱上、墙上，抽屉里，在壁炉架上，在食橱上，什么地方都有！我们不存心地踏死它们。噗！阿奴已经弄死了许多只了，可是她越是弄死它们，它们越是来。它们从洗碟盆的洞里来。我们把洞塞住了，可是第二天早上，它们又从别一个地方来了……

而现在这个"偷油婆婆"的屋子就在我面前了。

在这"偷油婆婆"的屋子里，都德一家六口，再加上一个女仆阿奴，从一八四九年一直住到一八五一年。在一八五一年的户口调查表上，我们看到都德的家况：

　　万桑·都德,业布匹印花,四十三岁;阿黛琳·雷诺,都德妻,四十四岁;曷奈思特·都德,学生,十四岁;阿尔封思·都德,学生,十一岁;阿娜·都德,幼女,三岁;昂利·都德,学生,十九岁。

　　昂利是要做教士的,他不久就到阿里克斯的神学校读书去了。他是早年就夭折了的。在《小物件》中,你们大概总还记得写这神学校生徒的死的那动人的一章吧:"他死了,替他祷告吧。"

　　在那张户口调查表上,在都德家属以外,还有这那么怕"偷油婆婆"的女仆阿奴:"阿奈特·特兰盖,女仆,三十三岁。"

　　万桑·都德便在拉封路上又重理起他的旧业来,可是生活却很困难,不得不节衣缩食,用尽方法减省。阿尔封思被送到圣别尔代戴罗的唱歌学校去,曷奈斯特在里昂中学里读书,不久阿尔封思也改进了这个学校。后来阿尔封思得到了奖学金,读到毕业,而那做哥哥的曷奈思特,却不得不因为家境困难的关系,辍学去帮助父亲挣那一份家。关于这些,《小物件》中自然没有,可是在曷奈思特。都德的一本回忆记《我的弟弟和我》中,却记载得很详细。

　　现在,我是来到这消磨了那《磨坊文札》的作者一部分的童年的所谓"偷油婆婆"的屋子前面了。门是虚掩着。我轻轻地叩了两下,没有人答应。我退后一步,抬起头来,向靠街的楼窗望上去:窗闭着,我看见静静的窗帷,白色的和淡青色的。而在大门上面和二层楼的窗下,我又看到了一块石头的牌子,它告诉我这位那么优秀的作家会在这儿住过,像我所知道的一样。我又走上前面叩门,这一次是重一点了,但还是没有人答应。我伫立着,等待什么人出来。

　　我听到里面有轻微的脚步声慢慢地近来,一直到我的面前。虚掩着的门开了,但只是一半;从那里,探出了一个老妇人的皱瘪的脸儿来,先把我从头到脚打量了一番:

　　"先生,你找谁?"她然后这样问。

　　我告诉她我并不找什么人,却是想来参观一下一位小说家的旧居。那位小说家就是阿尔封思·都德,在八十多年前,曾在这里的四层楼上住过。

　　"什么,你来看一位在八十多年前住在这儿的人!"她怀疑地望着我。

　　"我的意思是说想看看这位小说家住过的地方。譬如说你老人家从前住在一个什么城里,现在经过这个城,去看看你从前住过的地方怎样了。我呢,我读过这位小说家的书,知道他在这里住过,顺便来看看,就是这个意思。"

　　"你说哪一个小说家?"

　　"阿尔封思·都德。"我说。

　　"不知道。你说他从前住在这里的四层楼上?"

"正是,我可以去看看吗?"

"这办不到,先生,"她断然地说,"那里有人住着,是盖奈先生。再说你也看不到什么,那是很普通的几间屋子。"

而正当我要开口的时候,她又打量了我一眼,说:

"对不起,先生,再见。"就缩进头去,把门关上了。

我踌躇了一会儿,又摸了一下发黏的门,望了一眼门顶上的石牌,想着里昂人的纪念这位大小说家只有这一片顽石,不觉有点怅惘,打算走了。

可是在这时候,天突然阴暗起来,我急速向南靠罗纳河那面走出这条路去:天并不下雨,它又在那里下雾了,而在罗纳河上,我看见一片浓浓的雾飘舞着,像在一八四九年那幼小的阿尔封思·都德初到里昂的时候一样。

山居杂缀

28

山 风

窗外，隔着夜的帡幪，迷茫的山岚大概已把整个峰峦笼罩住了吧。冷冷的风从山上吹下来，带着潮湿，带着太阳的气味，或是带着几点从山涧中飞溅出来的水，来叩我的玻璃窗了。

敬礼啊，山风！我敞开窗门欢迎你，我敞开衣襟欢迎你。

抚过云的边缘，抚过崖边的小花，抚过有野兽躺过的岩石，抚过缄默的泥土，抚过歌唱的泉流，你现在来轻轻地抚我了。说啊，山风，你是否从我胸头感到了云的飘忽，花的寂寥，岩石的坚实，泥土的沉郁，泉流的活泼？你会不会说：这是一个奇异的生物！

雨

雨停止了，檐溜还是叮叮地响着，给梦拍着柔和的拍子，好像在江南的一只乌篷船中一样。"春水碧如天，画船听雨眠"，韦庄的词句又浮到脑中来了。奇迹也许突然发生了吧，也许我已被魔法移到苕溪或是西湖的小船中了吧……

然而突然，香港的倾盆大雨又降下来了。

树

路上的列树已斩伐尽了，疏疏朗朗地残留着可怜的树根。路显得宽阔了一点，短了一点，天和人的距离似乎更接近了。太阳直射到头顶上，雨直淋到身上……是的，我们需要阳光，但是我们也需要阴荫啊！早晨鸟雀的啁啾声没有了，傍晚舒徐的散步没有了。空虚的

路,寂寞的路!

离门前不远的地方,本来有一棵合欢树,去年秋天,我也还采过那长长的荚果给我的女儿玩的。它曾经娉婷地站立在那里,高高地张开它的青翠的华盖一般的叶子,寄托了我们的梦想,又给我们以清阴。而现在,我们却只能在虚空之中,在浮着云片的碧空的背景上,徒然地描画它的青翠之姿。像现在这样的夏天的早晨,它的鲜绿的叶子和火红照眼的花,会给我们怎样的一种清新之感啊!它的浓荫之中藏着雏鸟小小的啼声,会给我们怎样的一种喜悦啊!想想吧,它的消失对于我们是怎样地可悲啊!

抱着幼小的孩子,我又走到那棵合欢树的树根边来了。锯痕已由淡黄变成黝黑了,然而年轮却还是清清楚楚的,并没有给苔藓或是芝菌侵蚀去。我无聊地数着这一圈圈的年轮,四十二圈!正是我的年龄。它和我度过了同样的岁月,这可怜的合欢树!

树啊,谁更不幸一点,是你呢,还是我!

失去的园子

跋涉的挂虑使我失去了眼界的辽阔和余暇的寄托。我的意思是说,自从我怕走漫漫的长途而移居到这中区的最高一条街以来,我便不再能天天望见大海,不再拥有一个小圃了。屋子后面是高楼,前面是更高的山;门临街路,一点隙地也没有。从此,我便对山面壁而居,而最使我怅惘的,特别是旧居中的那一片小小的园子,那一片由我亲手拓荒,耕耘,施肥,播种,灌溉,收获过的贫瘠的土地。那园子临着海,四周是苍翠的松树,每当耕倦了,抛下锄头,坐在松树下面去,迎着从远处渔帆上吹来的风,望着辽阔的海,就已经使人心醉了。何况它又按着季节,给我们以意外丰富的收获呢?

可是搬到这里来以后,一切都改变了。载在火车上和书籍一同搬来的耕具:锄头,铁耙,铲子,尖锄,除草耙,移植铲,灌溉壶等等,都冷落地被抛弃在天台上,而且生了锈。这些可怜的东西!它们应该像我一样地寂寞吧。

好像是本能地,我不时想着:"现在是种番茄的时候了",或是"现在玉蜀黍可以收获了",或是"要是我能从家乡弄到一点蚕豆种就好了!"我把这种思想告诉了妻,于是她就提议说:"我们要不要像邻居那样,叫人挑泥到天台上去,在那里辟一个园地?"可是我立刻反对,因为天台是那么小,而且阳光也那么少,给四面的高楼遮住了。于是这计划打消了,而旧园的梦想却仍旧继续着。

大概看到我常常为这样思想困恼着吧,妻在偷偷地活动着。于是,有一天,她高高兴兴地来对我说了:"你可以有一个真正的园子了:你不看见我们对邻有一片空地吗?他们人少,种不了许多地,我已和他们商量好,划一部分地给我们种,水也很方便。现在,你说什么时候开始吧。"

29

她一定以为会给我一个意外的喜悦的,可是我却含糊地应着,心里想:"那不是我的园地,我要我自己的园地。"可是,为了不使妻太难堪,我期期地回答她:"你不是劝我不要太疲劳吗?你的话是对的,我需要休息。我们把这种地的计划打消了吧。"

记玛德里的书市

无匹的散文家阿索林,曾经在一篇短文中,将法国的书店和西班牙的书店,做了一个比较。他说:

> 在法兰西,差不多一切书店都可以自由地进去,行人可以披览书籍而并不引起书贾的不安;书贾很明白,书籍的爱好者不必常常要购买,而他的走进书店去,也并不目的是为了买书;可是,在翻阅之下,偶然有一部书引起了他的兴趣,他就买了它去。在西班牙呢,那些书店都像神圣的圣体龛子那样严封密闭着,而一个陌生人走进书店里去,摩挲书籍,翻阅一会儿,然后又从来路而去这等的事,那简直是荒诞不经,闻所未闻的。

阿索林对于他本国书店的批评,未免过分严格一点。巴黎的书店也尽有严封密闭着,像右岸大街的一些书店那样,而玛德里的书店之可以进出无人过问翻看随你的,却也不在少数。如果阿索林先生愿意,我是很可以举出这两地的书店的名称来作证的。

公正地说,法国的书贾对于顾客的心理研究得更深切一点。他们知道,常常来翻翻看看的人,临了总会买一两本回去的;如果这次不买,那么也许是因为他对于那本书的作者还陌生,也许他觉得那版本不够好,也许他身边没有带够钱,也许他根本只是到书店来消磨一刻空闲的时间。而对于这些人,最好的办法是不理不睬,由他去翻看一个饱。如果殷勤招待,问长问短,那就反而招致他们的麻烦,因而以后就不敢常常来了。

的确,我们走进一家书店去,并不像那些学期开始时抄好书单的学生一样,先有了成见要买什么书的。我们看看某个或某个作家是不是有新书出版;我们看看那已在报上刊出广告来的某一本书,内容是否和书评符合;我们把某一部书的版本,和我们已有的同一部书的版本做一个比较;或仅仅是我们约了一位朋友在三点钟会面,而现在只是两点半。走进一家书店去,在我们就像别的人踏进一家咖啡店一样,其目的并不在喝一杯苦水也。因此我

31

们最怕主人的殷勤。第一,他分散了你的注意力,使你不得不想出话去应付他;其次,他会使你警悟到一种歉意,觉得这样非买一部书不可。这样,你全部的闲情逸致就给他们一扫而尽了。你感到受人注意着,监视着,感到担着一重义务,负着一笔必须偿付的债了。

西班牙的书店之所以受阿索林的责备,其原因就是他们不明顾客的心理。他们大都是过分殷勤讨好。他们的态度是没有恶意的,然而对于顾客所发生的效果,却适得其反。记得一九三四年在玛德里的时候,一天闲着没事,到最大的"爱斯巴沙加尔贝书店"去浏览,一进门就受到殷勤的店员招待,陪着走来走去,问长问短,介绍这部,推荐那部,不但不给一点空闲,连自由也没有了。自然不好意思不买,结果选购了一本廉价的奥尔德加伊加赛德的小书,满身不舒服地辞了出来。自此以后,就不敢再踏进门槛去了。

在"文艺复兴书店"也遇到类似的情形,可是那次却是硬着头皮一本也不买走出来的。而在玛德里我买书最多的地方,却反而是对于主顾并不殷勤招待的圣倍拿陀大街的"迦尔西亚书店",王子街的"倍尔特朗书店",特别是"书市"。

"书市"是在农工商部对面的小路沿墙一带。从太阳门出发,经过加雷达思街,沿着阿多恰街走过去,走到南火车站附近,在左面,我们碰到了那农工商部,而在这黑黝黝的建筑的对面小路口,我们就看到了几个黑墨写着的字:La Feriadelos Libros,那意思就是"书市"。在往时,据说这传统的书市是在农工商部对面的那一条宽阔的林荫道上的,而我在玛德里的时候,它却的确移到小路上去了。

这传统的书市是在每年的九月下旬开始,十月底结束的。在这些秋高气爽的日子,到书市中去漫步一下,寻寻,翻翻,看看那些古旧的书,褪了色的版画,各色各样的印刷品,大概也可以算是人生的一乐吧。书市的规模并不大,一列木板盖搭的,肮脏,零乱的小屋,一共有十来间。其中也有一两家兼卖古董的,但到底卖书的还是占着极大的多数。而使人更感到可喜的,便是我们可以随便翻看那些书而不必负起任何购买的义务。

新出版的诗文集和小说,是和羊皮或小牛皮封面的古本杂放在一起。当你看见圣女戴蕾沙的《居室》和共产主义诗人阿尔倍谛的诗集对立着,古代法典《七部》和《玛德里卖淫业调查》并排着的时候,你一定会失笑吧。然而那迷人之处,却正存在于这种杂乱和漫不经心之处。把书籍分门别类,排列得整整齐齐,固然能叫人一目了然,但是这种安排却会使人望而却步,因为这样就使人不敢随便抽看,怕捣乱了人家固有的秩序;如果本来就是这样乱七八糟的,我们就百无禁忌了。再说,旧书店的妙处就在其杂乱,杂乱而后见繁复,繁复然后生趣味。如果你能够从这一大堆的混乱之中发现一部正是你踏破铁鞋无觅处的书来,那是怎样大的喜悦啊!

书价低廉是那里的最大的长处。书店要卖七个以至十个贝色达的新书,那里出两三个贝色达就可以携归了。寒斋的阿耶拉全集,阿索林,乌拿莫诺,巴罗哈,瓦利英克朗,米罗等现代作家的小说和散文集,洛尔加,阿尔倍谛,季兰,沙思纳思等当代诗人的诗集,珍贵的小杂志,都是从那里陆续购得的。我现在也还记得那第三间小木舍的被人叫做华尼多大叔的须眉皆白的店主。我记得他,因为他的书籍的丰富,他的态度的和易,特别是因为那个坐在书城中,把青春的新鲜和故纸的古老成着奇特的对比的,张着青色忧悒的大眼睛望着远方的云树的,他的美丽的孙女儿。

我在玛德里的大部分闲暇时间,甚至在革命发生,街头枪声四起,铁骑纵横的时候,也都是在那书市的故纸堆里消磨了的。在傍晚,听着南火车站的汽笛声,踏着疲倦的步子,臂间挟着厚厚的已绝版的赛哈道的《赛房德里辞典》或是薄薄的阿尔多拉季雷的签字本诗集,慢慢地沿着灯光已明的阿多恰大街,越过熙来攘往的太阳门广场,慢慢地踱回寓所去对灯披览,这种乐趣恐怕是很少有人能够领略的吧。

然而十月在不知不觉之中快流尽了。树叶子开始凋零,夹衣在风中也感到微寒了。玛德里的残秋是忧郁的,有几天简直不想闲逛了。公寓生活是有趣的,和同寓的大学生聊聊天,舞姬调调情,就很快地过了几天。接着,有一天你打叠起精神,再踱到书市去,想看看有什么合意的书,或仅仅看看那青色的忧悒的大眼睛。可是,出乎意外地,那些小木屋都已紧闭着门了。小路显得更宽敞一点,更清冷一点,南火车站的汽笛声显得更频繁而清晰一点。而在路上,凋零的残叶夹杂着纸片书页,给冷冷的风寂寞地吹了过来,又寂寞地吹了过去。

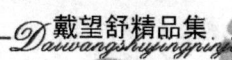

香港的旧书市

这里有生意经，也有神话。

香港人对于书的估价，往往是会使外方人吃惊的。明清善本书可以论斤称，而一部极平常的书却会被人视为稀世之珍。一位朋友告诉我，他的亲戚珍藏着一部《中华民国邮政地图》，待价而沽，须港币五千元（合国币四百万元）方肯出让。这等奇闻，恐怕只有在那个小岛上听得到吧。版本自然更谈不到，"明版康熙字典"一类的笑谈，在那里也是家常便饭了。

这样的一个地方，旧书市的性质自然和北平、上海、苏州、南京等地不同。不但是规模的大小而已，就连收买的方式和售出的对象，也都有很大的差别。那里卖旧书的仅是一些变相的地摊，沿街靠壁钉一两个木板架子，搭一个避风雨的遮棚，如此而已。收书是论斤断秤的，道林纸和报纸印的书每斤出价约港币一二毫，而全张报纸的价钱却反而高一倍；有硬面书皮的洋装书更便宜一点，因为纸板"重秤"，中国纸的线装书，论到一毫一斤就是最高的价钱了。他们比较肯出价钱的倒是学校用的教科书，簿记学书，研究养鸡养兔的书等等，因为要这些书的人是非购不可的，所以他们也就肯以高价收入了。其次是医科和工科用书，为的是转运内地可以卖很高的价钱。此外便剩下"杂书"，只得卖给那些不大肯出钱的他们所谓"藏家"和"睇家"了。他们最大的主顾是小贩。这并不是说香港小贩最深知读书之乐，他们对于书籍的处理是更实际一点，拿来做纸袋包东西。其次是学生，像我们这种并不从书籍得到"实惠"的人，在他们是无足重轻的。

旧书摊最多的是皇后大道中央戏院附近的楼梯街，现在共有五个摊子。从大道拾级上去，左手第一家是"龄记"，管摊的是一个十余岁的孩子（他父亲则在下面一点公厕旁边摆废纸摊），年纪最小，却懂得许多事。著《相对论》的是爱因斯坦，哥德是德国大文豪，他都头头是道。日寇占领香港后，这摊子收到了大批德日文学书，现在已卖得一本也不剩，又经过了一次失窃，现在已没有什么好东西了。隔壁是"焯记"，摊主是一个老是有礼貌的中年人，专卖中国铅印书，价钱可不便宜，不看也没有什么关系。他对面是"季记"，管摊的是姐妹二人。到底是女人，收书卖书都差点功夫。虽则有时能看顾客的眼色和态度见风使舵，可是索价总嫌"离谱"（粤语不合分寸）一点。从前还有一些四部丛刊零本，现在却单靠卖教科书和字帖了。"季记"隔壁本来还有"江培记"，因为生意不好，已把存货秤给鸭巴甸街的"黄沛记"，摊位也顶给卖旧铜烂铁的了。上去一点，在摩罗街口，是"德信书店"，虽号称书店，却仍旧还是一个摊子。主持人是一对少年夫妇，书相当多，可是也相当贵，他以为是好书，就一分钱也不让价，反之，没有被他注意的书，讨价之廉竟会使人不相信。"格吕尼"版的波特莱尔的《恶之华》和韩波的《作品集》，两册只讨港币一元，希米芯的《莎士比亚字典》会论斤称给你，这等事在我们看来，差不多有点近乎神话了。"德信书店"隔壁是"华记"。虽则摊号仍是"华记"，老板却已换过了。原来的老板是一家父母兄弟四人，在沦陷期中旧书全盛时代，他们在楼梯街竟拥有两个摊子之多。一个是现在这老地方，一个是在"焯记"隔壁，现在已变成旧衣摊了。因为来路稀少，顾客不多，他们便把滞销的书盘给了现在的管摊人，带着好销一些的书到广州去开店了，听说生意还不错呢。现在的"华记"已不如从前远甚，可是因为地利的关系（因为这是这条街第一个摊子，经荷里活道拿下旧书来卖的，第一先经过他的手，好的便宜的，他有选择的优先权），有时还有一点好东西。

　　在楼梯街，当你走到了"华记"的时候，书市便到了尽头。那时你便向左转，沿着荷里活道走两三百步，于是你便走到鸭巴甸街口。

　　鸭巴甸街的书摊名声还远不及楼梯街的大，规模也比较小一点，书类也比较新一点。可是那里的书，一般地说来，是比较便宜点。下坡左首第一家是"黄沛记"，摊主是世业旧书的，所以对于木版书的知识，是比其余的丰富得多，可是对于西文书，就十分外行了。在各摊中，这是取价最廉的一个。他抱着薄利多销主义，所以虽在米珠薪桂的时期，虽则有八口之家，他还是每餐可以饮二两双蒸酒。可是近来他的摊子上也没有什么书，只剩下大批无人过问的日文书，和往日收下来的瓷器古董了。"黄沛记"对面是"董莹光"，也是鸭巴甸街的一个老土地，可是人们却称呼他为"大光灯"。大光灯意思就是煤油打气灯。因为战前这个摊子除了卖旧书以外还出租煤油打气灯。那些"大光灯"现在已不存在了，而这雅号却留了下来。"大光灯"的书本来是不贵的，可是近来的索价却大大地"离谱"。据内中人说，因为有几次随便开了大价，居然有人照付了，他卖出味道来，以后就一味地上天讨价了。从"董莹光"走下几步，开在一个店铺中的，是"萧建英"。如果你说他是书摊，他一定会跳起来，因为在楼梯街和鸭巴甸街这两条街上，他是惟一有店铺的——虽则是极其简陋的店铺。管店的是兄弟二人。那做哥哥的人称之为"高佬"，因为又高又瘦。他从前是送行情单的，路头很熟，现在也差不多整天不在店，却四面奔走着收书。实际上在做生意的是他的十四五岁的弟弟。虽则还是一个孩子，做生意的本领却比哥哥更好，抓定了一个价钱之后，你就莫想他让一步。所以你想便宜一点，还是和"高佬"相商。因为"高佬"收得勤，书摊是常常有新书的。可是，近几月以来，因为来源涸绝，不得不把店面的一半分租给另一个专卖翻版

书的摊子了。

在现在的"萧建英"斜对面,战前还有一家"民生书店",是香港惟一卖线装古书的书店,而且还代顾客装潢书籍号书根。工作不能算顶好.可是在香港却是独一无二的。不幸在香港沦陷后就关了门,现在,如果在香港想补裱古书,除了送到广州去以外就毫无办法了:

鸭巴甸街的书摊尽于此矣,香港的书市也就到了尽头了。此外,东碎西碎还有几家书摊,如中环街市旁以卖废纸为生的一家,西营盘兼卖教科书的"肥林",跑马地黄泥涌道以租书为主的一家,可是绝少有可买的书,奉劝不必劳驾。再等而下之,那就是禧利街晚间的地道的地摊子了。

36

诗

歌

夕阳下

晚云在暮天上散锦，
溪水在残日里流金；
我瘦长的影子飘在地上，
像山间古树底寂寞的幽灵。

远山啼哭得紫了，
哀悼着白日底长终；
落叶却飞舞欢迎
幽夜底衣角，那一片清风。

荒冢里流出幽古的芬芳，
在老树枝头把蝙蝠迷上，
它们缠绵琐细的私语
在晚烟中低低地回荡。

幽夜偷偷地从天末归来，
我独自还恋恋地徘徊；
在这寂寞的心间，我是
消隐了忧愁，消隐了欢快。

寒风中闻雀声

枯枝在寒风里悲叹，
死叶在大道上萎残；
雀儿在高唱薤露歌，
一半儿是自伤自感。

大道上寂寞凄清，
高楼上悄悄无声，
只那孤岑的雀儿
伴着孤岑的少年人。

寒风吹老了树叶，
又来吹老少年底华鬓，
更在他底愁怀里
将一丝的温馨吹尽。

唱啊，我同情的雀儿，
唱破我芬芳的梦境；
吹吧，你无情的风儿，
吹断了我飘摇的微命。

39

自家伤感

怀着热望来相见，
冀希从头细说，
偏你冷冷无言；
我只合踏着残叶
远去了，自家伤感。

40

希望今又成虚，
且消受终天长怨。
看风里的蜘蛛，
又可怜地飘断
这一缕零丝残绪。

生　涯

泪珠儿已抛残，
只剩了悲思。
无情的百合啊，
你明丽的花枝。
你太娟好，太轻盈，
使我难吻你娇唇。

人间伴我的是孤苦，
白昼给我的是寂寥；
只有那甜甜的梦儿
慰我在深宵：
我希望长睡沉沉，
长在那梦里温存。

可是清晨我醒来
在枕边找到了悲哀：
欢乐只是一幻梦，
孤苦却待我生挨！
我暗把泪珠哽咽，
我又生活了一天。

泪珠儿已抛残，
悲思偏无尽，
啊，我生命底慰安！

我屏营待你垂悯:

在这世间寂寂,

朝朝只有呜咽。

42

流浪人的夜歌

残月是已死的美人，
在山头哭泣嘤嘤，
哭她细弱的魂灵。

怪枭在幽谷悲鸣，
饥狼在嘲笑声声
在那残碑断碣的荒坟。

此地是黑暗底占领，
恐怖在统治人群，
幽夜茫茫地不明。

来到此地泪盈盈，
我是颠连飘泊的孤身，
我要与残月同沉。

凝泪出门

昏昏的灯，
溟溟的雨，
沉沉的未晓天；
凄凉的情绪；
将我底愁怀占住。

凄绝的寂静中，
你还酣睡未醒；
我无奈踯躅徘徊，
独自凝泪出门：
啊，我已够伤心。

清冷的街灯，
照着车儿前进：
在我底胸怀里，
我是失去了欢欣，
愁苦已来临。

可 知

可知怎的旧时的欢乐
到回忆都变作悲哀，
在月暗灯昏时候
重重地兜上心来，
　　啊，我底欢爱！

为了如今惟有愁和苦，
朝朝的难遣难排，
恐惧以后无欢日，
愈觉得旧时难再，
　　啊，我底欢爱！

可是只要你能爱我深，
只要你深情不改，
这今日的悲哀，
会变作来朝的欢快，
　　啊，我底欢爱！

否则悲苦难排解，
幽暗重重向我来，
我将含怨沉沉睡，
睡在那碧草青苔，
　　啊，我底欢爱！

静 夜

像侵晓蔷薇底蓓蕾
含着晶耀的香露，
你盈盈地低泣，低着头，
你在我心头开了烦忧路。

你哭泣嘤嘤地不停，
我心头反复地不宁；
这烦忧是从何处生
使你堕泪，又使我伤心？

停了泪儿啊，请莫悲伤，
且把那原因细讲，
在这幽夜沉寂又微凉
人静了，这正是时光。

46

山　行

见了你朝霞的颜色，
便感到我落月的沉哀，
却似晓天的云片，
烦怨飘上我心来。

可是不听你啼鸟的娇音，
我就要像流水地呜咽，
却似凝露的山花，
我不禁地泪珠盈睫。

我们彳亍在微茫的山径，
让梦香吹上了征衣，
和那朝霞，和那啼鸟，
和你不尽的缠绵意。

47

残花的泪

寂寞的古园中，
明月照幽素，
一枝凄艳的残花
对着蝴蝶泣诉：

我的娇丽已残，
我的芳时已过，
今宵我流着香泪，
明朝会萎谢尘土。

我的旖艳与温馨，
我的生命与青春
都已为你所有，
都已为你消受尽！

你旧日的蜜意柔情
如今已抛向何处？
看见我憔悴的颜色，
你啊，你默默无语！
你会把我孤凉地抛下，
独自蹁跹地飞去，
又飞到别枝春花上，
依依地将她恋住。

明朝晓日来时

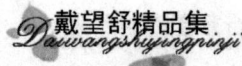

小鸟将为我唱薤露歌；
你啊，你不会眷顾旧情
到此地来凭吊我！

不要这样盈盈地相看

不要这样盈盈地相看，
把你伤感的头儿垂倒，
静，听啊，远远地，在林里，
在死叶上的希望又醒了。

是一个昔日的希望，
它沉睡在林里已多年；
是一个缠绵烦琐的希望，
它早在遗忘里沉湮。

不要这样盈盈地相看，
把你伤感的头儿垂倒，
这一个昔日的希望，
它已被你惊醒了。

这是缠绵烦琐的希望，
如今已被你惊起了，
它又要依依地前来
将你与我烦扰。

不要这样盈盈地相看，
把你伤感的头儿垂倒，
静，听啊，远远地，从林里，
惊醒的昔日的希望来了。

50

残叶之歌

男　子

你看，湿了雨珠的残叶
静静地停在枝头，
（湿了珠泪的微心，
轻轻地贴在你心头。）

它踌躇着怕那微风
吹它到缥缈的长空。

女　子

你看，那小鸟曾经恋过枝叶，
如今却要飘忽无迹。
（我底心儿和残叶一样，
你啊，忍心人，你要去他方。）

它可怜地等待着微风，
要依风去追逐爱者底行踪。

男　子

那么，你是叶儿，我是那微风，
我曾爱你在枝上，也爱你在街中。

女 子

来啊，你把你微风吹起，
我将我残叶底生命还你。

52

雨 巷

撑着油纸伞,独自
仿徨在悠长,悠长
又寂寥的雨巷,
我希望逢着
一个丁香一样地
结着愁怨的姑娘。

她是有
丁香一样的颜色,
丁香一样的芬芳,
丁香一样的忧愁,
在雨中哀怨,
哀怨又彷徨;

她彷徨在这寂寥的雨巷,
撑着油纸伞
像我一样,
像我一样地
默默彳亍着,
冷漠,凄清,又惆怅。
她静默地走近
走近,又投出
太息一般的眼光,

她飘过
像梦一般地,
像梦一般地凄婉迷茫。
像梦中飘过
一枝丁香地,
我身旁飘过这女郎;
她静默地远了,远了。
到了颓圮的篱墙,
走尽这雨巷。

在雨的哀曲里,
消了她的颜色,
散了她的芬芳,
消散了,甚至她的
太息般的眼光,
她丁香般的惆怅。

撑着油纸伞,独自
仿徨在悠长,悠长
又寂寥的雨巷,
我希望飘过
一个丁香一样地
结着愁怨的姑娘。

53

路上的小语

——给我吧，姑娘，那朵簪在你发上的
小小的青色的花，
它是会使我想起你底温柔来的。

——它是到处都可以找到的，
那边，你看，在树林下，在泉边，
而它又只会给你悲哀的记忆的。

——给我吧，姑娘，你底像花一样地燃着的，
像红宝石一样地晶耀着的嘴唇，
它会给我蜜底味，酒底味。

——不，它只有青色的橄榄底味，
和未熟的苹果底味，
而且是不给说谎的孩子的。

——给我吧，姑娘，那在你衫子下的
你的火一样的，十八岁的心，
那里是盛着天青色的爱情的。

——它是我的，是不给任何人的，
除非别人愿意把他自己底真诚的
来作一个交换，永恒地。

54

林下的小语

走进幽暗的树林里
人们在心头感到了寒冷，
亲爱的，在心头你也感到寒冷吗，
当你拥在我怀里
而且把你的唇粘着我底的时候？

不要微笑，亲爱的，
啼泣一些是温柔的，
啼泣吧，亲爱的，啼泣在我底膝上，
在我底胸头，在我底颈边。
啼泣不是一个短促的欢乐。

"追随我到世界的尽头，"
你固执地这样说着吗？
你说得多傻！你去追随天风吧！
我呢，我是比天风更轻，更轻，
是你永远追随不到的。

哦，不要请求我的心了！
它是我的，是只属于我的。
什么是我们的恋爱的纪念吗？
拿去吧，亲爱的，拿去吧，
这沉哀，这绛色的沉哀。

独自的时候

房里曾充满过清朗的笑声，
正如花园里充满过蔷薇；
人在满积着的梦的灰尘中抽烟，
沉想着消逝了的音乐。

56

在心头飘来飘去的是什么啊，
像白云一样地无定，像白云一样地沉郁？
而且要对它说话也是徒然的，
正如人徒然地向白云说话一样。

幽暗的房里耀着的只有光泽的木器，
独语着的烟斗也黯然缄默，
人在尘雾的空间描摹着惨白的裸体
和烧着人的火一样的眼睛。

为自己悲哀和为别人悲哀是一样的事，
虽然自己的梦是和别人的不同的，
但是我知道今天我是流过眼泪，
而从外边，寂静是悄悄地进来。

秋 天

再过几日秋天是要来了，
默坐着，抽着陶器的烟斗，
我已隐隐地听见它的歌吹
从江水的船帆上。

它是在奏着管弦乐：
这个使我想起做过的好梦；
从前我认它是好友是错了，
因为它带了忧愁来给我。

林间的猎角声是好听的，
在死叶上的漫步也是乐事，
但是，独身汉的心地我是很清楚的，
今天，我是没有闲雅的兴致。

我对它没有爱也没有恐惧，
我知道它所带来的东西的重量，
我是微笑着，安坐在我的窗前，
当浮云带着恐吓的口气来说：
秋天要来了，望舒先生！

印　象

是飘落深谷去的
幽微的铃声吧，
是航到烟水去的
小小的渔船吧，
如果是青色的真珠；
它已堕到古井的暗水里。

林梢闪着的颓唐的残阳，
它轻轻地敛去了
跟着脸上浅浅的微笑。

从一个寂寞的地方起来的，
迢遥的，寂寞的呜咽，
又徐徐回到寂寞的地方，寂寞地。

到我这里来

到我这里来,假如你还存在着,
全裸着,披散了你的发丝:
我将对你说那只有我们两人懂得的话。

我将对你说为什么蔷薇有金色的花瓣,
为什么你有温柔而馥郁的梦,
为什么锦葵会从我们的窗间探首进来。

人们不知道的一切我们都会深深了解,
除了我的手的颤动和你的心的奔跳;
不要怕我发着异样的光的眼睛,
向我来:你将在我的臂间找到舒适的卧榻。

可是,啊,你是不存在着了,
虽则你的记忆还使我温柔地颤动,
而我是徒然地等待着你,每一个傍晚,
在菩提树下,沉思地,抽着烟。

祭 日

今天是亡魂的祭日，
我想起了我的死去了六年的友人。
或许他已老一点了，怅惜他爱娇的妻，
他哭泣着的女儿，他剪断了的青春。

他一定是瘦了，过着飘泊的生涯，在幽冥中，
但他的忠诚的目光是永远保留着的，
而我还听到他往昔的熟稔有劲的声音，
"快乐吗，老戴？"
（快乐，唔，我现在已没有了。）

他不会忘记了我：这我是很知道的，
因为他还来找我，每月一二次，在我梦里，
他老是饶舌的，虽则他已归于永恒的沉寂，
而他带着忧郁的微笑的长谈使我悲哀。

我已不知道他的妻和女儿到哪里去了，
我不敢想起她们，我甚至不敢问他，在梦里；
当然她们不会过着幸福的生涯的，
像我一样，像我们大家一样。
快乐一点吧，因为今天是亡魂的祭日；
我已为你预备了在我算是丰盛了的晚餐。
你可以找到我园里的鲜果，
和那你所嗜好的陈威士忌酒。
我们的友谊是永远地柔和的，
而我将和你谈着幽冥中的快乐和悲哀。

烦　忧

说是寂寞的秋的悒郁，
说是辽远的海的怀念。
假如有人问我烦忧的原故，
我不敢说出你的名字。

我不敢说出你的名字。
假如有人问我烦忧的原故：
说是辽远的海的怀念，
说是寂寞的秋的悒郁。

61

百合子

百合子是怀乡病的可怜的患者，
因为她的家是在灿烂的樱花丛里的；
我们徒然有百尺的高楼和沉迷的香夜，
但温煦的阳光和朴素的木屋总常在她缅想中。

她度着寂寂的悠长的生涯，
她盈盈的眼睛茫然地望着远处；
人们说她冷漠的是错了，
因为她沉思的眼里是有着火焰。

她将使我为她而憔悴吗？
或许是的，但是谁能知道？
有时她向我微笑着，
而这忧郁的微笑使我也坠入怀乡病里。

她是冷漠的吗？不。
因为我们的眼睛是秘密地交谈着；
而她是醉一样地合上了她的眼睛的，
如果我轻轻地吻着她花一样的嘴唇。

62

梦都子

致霞村

她有太多的蜜饯的心——
在她的手上，在她的唇上；
然后跟着口红，跟着指爪，
印在老绅士的颊上，
刻在醉少年的肩上。

我们是她年轻的爸爸，诚然，
但也害怕我们的女儿到怀里来撒娇，
因为在蜜饯的心以外，
她还有蜜饯的乳房，
而在撒娇之后，她还会放肆。

你的衬衣上已有了贯矢的心，
而我的指上又有了纸捻的约指，
如果我爱惜我的秀发，
那么你又该受那心愿的忤逆。

我的素描

辽远的国土的怀念者，
我，我是寂寞的生物。

假如把我自己描画出来，
那是一幅单纯的静物写生。

我是青春和衰老的集合体，
我有健康的身体和病的心。

在朋友间我有爽直的声名，
在恋爱上我是一个低能儿。

因为当一个少女开始爱我的时候，
我先就要栗然地惶恐。

我怕着温存的眼睛，
像怕初春青空的朝阳。

我是高大的，我有光辉的眼；
我用爽朗的声音恣意谈笑。

但在悒郁的时候，我是沉默的，
悒郁着，用我二十四岁的整个的心。

64

单恋者

我觉得我是在单恋着，
但是我不知道是恋着谁：
是一个在迷茫的烟水中的国土吗，
是一支在静默中零落的花吗，
是一位我记不起的陌路丽人吗？
我不知道。
我知道的是我的胸膛胀着，
而我的心悸动着，像在初恋中。

65

在烦倦的时候，
我常是暗黑的街头的踯躅者，
我走遍了嚣嚷的酒场，
我不想回去，好像在寻找什么。
飘来一丝媚眼或是塞满一耳腻语，
那是常有的事。
但是我会低声说：
"不是你！"然后踉跄地又走向他处。

人们称我为"夜行人"，
尽便吧，这在我是一样的；
真的，我是一个寂寞的夜行人。
而且又是一个可怜的单恋者。

老之将至

我怕自己将慢慢地慢慢地老去，
随着那迟迟寂寂的时间，
而那每一个迟迟寂寂的时间，
是将重重地载着无量的怅惜的。

而在我坚而冷的圈椅中，在日暮，
我将看见，在我昏花的眼前
飘过那些模糊的暗淡的影子：
一片娇柔的微笑，一只纤纤的手，
几双燃着火焰的眼睛，
或是几点耀着珠光的眼泪。

是的，我将记不清楚了：
在我耳边低声软语着
"在最适当的地方放你的嘴唇"的，
是那樱花一般的樱子吗？
那是茹丽菡吗，飘着懒倦的眼
望着她已卸了的锦缎的鞋子？……
这些，我将都记不清楚了，
因为我老了。

我说，我是担忧着怕老去，
怕这些记忆凋残了，
一片一片地，像花一样；
只留着垂枯的枝条，孤独地。

66

秋天的梦

迢遥的牧女的羊铃
摇落了轻的树叶。

秋天的梦是轻的，
那是窈窕的牧女之恋。

于是我的梦是静静地来了，
但却载着沉重的昔日。

唔，现在，我是有一些寒冷
一些寒冷，和一些忧郁。

67

前 夜

一夜的纪念,呈呐鸥兄

在比志步尔启碇的前夜,
托密的衣袖变作了手帕,
她把眼泪和着唇脂拭在上面,
要为他壮行色,更加一点粉香。

明天会有太淡的烟和太淡的酒,
和磨不损的太坚固的时间,
而现在,她知道应该有怎样的忍耐:
托密已经醉了,而且疲倦得可怜。

这个橙花香味的南方的少年,
他不知道明天只能看见天和海——
或许在"家,甜蜜的家"里他会康健些,
但是他的温柔的亲戚却要更瘦,更瘦。

68

我 的 恋 人

我将对你说我的恋人，
我的恋人是一个羞涩的人，
她是羞涩的，有着桃色的脸，
桃色的嘴唇，和一颗天青色的心。

她有黑色的大眼睛，
那不敢凝看我的黑色的大眼睛———
不是不敢，那是因为她是羞涩的；
而当我依在她胸头的时候，
你可以说她的眼睛是变换了颜色，
天青的颜色，她的心的颜色。

她有纤纤的手，
它会在我烦忧的时候安抚我，
她有清朗而爱娇的声音，
那是只向我说着温柔的，
温柔到销熔了我的心的话的。

她是一个静娴的少女，
她知道如何爱一个爱她的人，
但是我永远不能对你说她的名字，
因为她是一个羞涩的恋人。

村　姑

村里的姑娘静静地走着，
提着她的蚀着青苔的水桶；
溅出来的冷水滴在她的跣足上，
而她的心是在泉边的柳树下。

70

这姑娘会静静地走到她的旧屋去，
那在一棵百年的冬青树阴下的旧屋，
而当她想到在泉边吻她的少年，
她会微笑着，抿起了她的嘴唇。

她将走到那古旧的木屋边，
她将在那里惊散了一群在啄食的瓦雀，
她将静静地走到厨房里，
又静静地把水桶放在干刍边。

她将帮助她的母亲造饭，
而从田间回来的父亲将坐在门槛上抽烟，
她将给猪圈里的猪喂食，
又将可爱的鸡赶进它们的窠里去。

在暮色中吃晚饭的时候，
她的父亲会谈着今年的收成，
他或许会说到她的女儿的婚嫁，
而她便将羞怯地低下头去。

她的母亲或许会说她的懒惰，
（她打水的迟延便是一个好例子，）
但是她会不听到这些话，
因为她在想着那有点鲁莽的少年。

野 宴

对岸青叶荫下的野餐，
只有百里香和野菊作伴；
河水已洗涤了碍人的礼仪，
白云遂成为飘动的天幕。

那里有木叶一般绿的薄荷酒，
和你所爱的芬芳的腊味，
但是这里有更可口的芦笋
和更新鲜的乳酪。

我的爱软的草的小姐，
你是知味的美食家：
先尝这开胃的饮料，
然后再试那丰盛的名菜。

三顶礼

引起寂寂的旅愁的，
翻着软浪的暗暗的海，
我的恋人的发，
受我怀念的顶礼。

恋之色的夜合花，
佻挞的夜合花，
我的恋人的眼，
受我沉醉的顶礼。

72

给我苦痛的螫的，
苦痛的但是欢乐的螫的，
你小小的红翅的蜜蜂，
我的恋人的唇，
受我怨恨的顶礼。

二　月

春天已在野菊的头上逡巡着了，
春天已在斑鸠的羽上逡巡着了，
春天已在青溪的藻上逡巡着了，
绿荫的林遂成为恋的众香国。

于是原野将听倦了谎话的交换，
而不载重的无邪的小草
将醉着温软的皓体的甜香；

于是，在暮色冥冥里
我将听到了最后一个游女的惋叹，
拈着一枝蒲公英缓缓地归去。

小 病

从竹帘里漏进来的泥土的香，
在浅春的风里它几乎凝住了；
小病的人嘴里感到了莴苣的脆嫩，
于是遂有了家乡小园的神往。

小园里阳光是常在芸苔的花上吧，
细风是常在细腰蜂的翅上吧，
病人吃的莱菔的叶子许被虫蛀了，
而雨后的韭菜却许已有甜味的嫩芽了。

现在，我是害怕那使我脱发的饕餮了，
就是那滑腻的海鳗般美味的小食也得斋戒，
因为小病的身子在浅春的风里是软弱的，
况且我又神往于家园阳光下的莴苣。

74

过 时

说我是一个在怅惜着，
怅惜着好往日的少年吧，
我唱着我的崭新的小曲，
而你却揶揄：多么"过时！"

是呀，过时了，我的"单恋女"
都已经变作妇人或是母亲，
而我，我还可怜地年轻——
年轻？不吧，有点靠不住。

是呀，年轻是有点靠不住，
说我是有一点老了吧！
你只看我拿手杖的姿态，
它会告诉你一切；而我的眼睛亦然。

老实说，我是一个年轻的老人了：
对于秋草秋风是太年轻了，
而对于春月春花却又太老。

游子谣

海上微风起来的时候，
暗水上开遍青色的蔷薇。
——游子的家园呢？

篱门是蜘蛛的家，
土墙是薜荔的家，
枝繁叶茂的果树是鸟雀的家。

游子却连乡愁也没有，
他沉浮在鲸鱼海蟒间：
让家园寂寞的花自开自落吧。

因为海上有青色的蔷薇，
游子要萦系他冷落的家园吗？
还有比蔷薇更清丽的旅伴呢。

清丽的小旅伴是更甜蜜的家园，
游子的乡愁在那里徘徊踯躅。
唔，永远沉浮在鲸鱼海蟒间吧。

秋　蝇

木叶的红色，
木叶的黄色，
木叶的土灰色：
窗外的下午！

用一双无数的眼睛，
衰弱的苍蝇望得昏眩。
这样窒息的下午啊！
它无奈地搔着头搔着肚子。

木叶，木叶，木叶，
无边木叶萧萧下。

玻璃窗是寒冷的冰片子，
太阳只有苍茫的色泽。
巡回地散一次步吧！
它觉得它的脚软。

红色，黄色，土灰色，
昏眩的万花筒的图案啊！
迢遥的声音，古旧的，
大伽蓝的钟磬？天末的风？
苍蝇有点僵木，
这样沉重的翼翅啊！

飘下地，飘上天的木叶旋转着，

红色,黄色,土灰色的错杂的回轮。

无数的眼睛渐渐模糊,昏黑,
什么东西压到轻绡的翅上,
身子像木叶一般地轻,
载在巨鸟的翎翮上吗?

夜行者

这里他来了:夜行者!
冷清清的街上有沉着的跫音。
从黑茫茫的雾,
到黑茫茫的雾。

夜的最熟稔的朋友,
他知道它的一切琐碎,
那么熟稔,在它的熏陶中
他染了它一切最古怪的脾气。

夜行者是最古怪的人。
你看他走在黑夜里:
戴着黑色的毡帽,
迈着夜一样静的步子。

79

微　辞

园子里蝶褪了粉蜂褪了黄，
则木叶下的安息是允许的吧，
然而好弄玩的女孩子是不肯休止的，
"你瞧我的眼睛，"她说，"它们恨你！"

女孩子有恨人的眼睛，我知道，
她还有不洁的指爪，
但是一点恬静和一点懒是需要的，
只瞧那新叶下静静的蜂蝶。

魔道者使用曼陀罗根或是枸杞，
而人却像花一般地顺从时序，
夜来香娇妍地开了一个整夜，
朝来送入温室一时能重鲜吗？

园子都已恬静，
蜂蝶睡在新叶下，
迟迟的永昼中
无厌的女孩子也该休止。

80

少年行

是簪花的老人呢，
灰暗的篱笆披着茑萝；

旧曲在颤动的枝叶间死了，
新蜕的蝉用单调的生命赓续。

结客寻欢都成了后悔，
还要学少年的行踪吗？

平静的天，平静的阳光下，
烂熟的果子平静地落下来了。

旅　思

故乡芦花开的时候，
旅人的鞋跟染着征泥，
粘住了鞋跟，粘住了心的征泥，
几时经可爱的手拂拭？

栈石星饭的岁月，
骤山骤水的行程：
只有寂静中的促织声，
给旅人尝一点家乡的风味。

不 寐

在沉静底音波中，
每个爱娇的影子
在眩晕的脑里
作瞬间的散步；

只是短促的瞬间，
然后列成桃色的队伍，
月移花影地淡然消溶，
飞机上的阅兵式。

掌心抵着炎热的前额，
腕上有急促的温息；
是那一宵的觉醒啊？
这种透过皮肤的温息。

让沉静底最高的音波
来震破脆弱的耳膜吧。
窒息的白色的帐子，墙……
什么地方去喘一口气呢？

深闭的园子

五月的园子
已花繁叶满了，
浓荫里却静无鸟喧。

小径已铺满苔藓，
而篱门的锁也锈了——
主人却在迢遥的太阳下。

在迢遥的太阳下，
也有璀璨的园林吗？

陌生人在篱边探首，
空想着天外的主人。

灯

士为知己者用，
故承恩的灯
遂做了恋的同谋人。
作憧憬之雾的
青色的灯，
作色情之屏的
桃色的灯。

因为我们知道爱灯，
如仁者乐山，智者乐水，
为供它的法眼的鉴赏
我们展开秘藏的风俗画：
灯却不笑人的风魔。

在灯的友爱的光里，
人走进了美容院；
千手千眼的技师，
替人匀着最宜雅的脂粉，
于是我们便目不暇接。

太阳只发着学究的教训，
而灯光却作着亲切的密语。
至于交头接耳的暗黑，
就是饕餮者的施主了。

寻梦者

梦会开出花来的，
梦会开出娇妍的花来的；
去求无价的珍宝吧。

在青色的大海里，
在青色的大海的底里，
深藏着金色的贝一枚。

你去攀九年的冰山吧，
你去航九年的旱海吧，
然后你逢到那金色的贝。

它有天上的云雨声，
它有海上的风涛声，
它会使你的心沉醉。

把它在海水里养九年，
把它在天水里养九年，
然后，它在一个暗夜里开绽了。

当你鬓发斑斑了的时候，
当你眼睛朦胧了的时候，
金色的贝吐出桃色的珠。

把桃色的珠放在你怀里，
把桃色的珠放在你枕边，

86

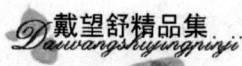

于是一个梦静静地升上来了。

你的梦开出花来了。
你的梦开出娇妍的花来了，
在你已衰老了的时候。

乐园鸟

飞着，飞着，春，夏，秋，冬，

昼，夜，没有休止，

华羽的乐园鸟，

这是幸福的云游呢，

还是永恒的苦役？

88

渴的时候也饮露，

饥的时候也饮露，

华羽的乐园鸟，

这是神仙的佳肴呢，

还是为了对于天的乡思？

是从乐园里来的呢，

还是到乐园里去的？

华羽的乐园鸟，

在茫茫的青空中，

也觉得你的路途寂寞吗？

假使你是从乐园里来的，

可以对我们说吗，

华羽的乐园鸟，

自从亚当，夏娃被逐后，

那天上的花园已荒芜到怎样了？

古意答客问

孤心逐浮云之炫烨的卷舒，
惯看青空的眼喜侵阈的青芜。
你问我的欢乐何在？
——窗头明月枕边书。

侵晨看踯躅于山巅，
入夜听风琐语于花间。
你问我的灵魂安息于何处？
——看那袅绕地，袅绕地升上去的炊烟。

89

渴饮露，饥餐英；
鹿守我的梦，鸟祝我的醒。
你问我可有人间世的挂虑？
——听那消沉下去的百代之过客的跫音。

灯

灯守着我,劬劳地,
凝看我眸子中
有穿着古旧的节日衣衫的
欢乐儿童,
忧伤稚子,
像木马栏似的
转着,转着,永恒地……

90

而火焰的春阳下的树木般的
小小的爆裂声,
摇着我,摇着我,
柔和地。

美丽的节日萎谢了,
木马栏犹自转着,转着……
灯徒然怀着母亲的劬劳,
孩子们的彩衣已褪了颜色。

已矣哉!
采撷黑色大眼睛的凝视
去织最绮丽的梦网!
手指所触的地方:
火凝作冰焰,
花幻为枯枝。
灯守着我。让它守着我!

曦阳普照,蜥蜴不复浴其光,
帝王长卧,鱼烛永恒地高烧
在他森森的陵寝。

这里,一滴一滴地,
寂静坠落,坠落,坠落。

秋夜思

谁家动刀尺?
心也需要秋衣。

听鲛人的召唤,
听木叶的呼息!
风从每一条脉络进来,
窃听心的枯裂之音。

诗人云:心即是琴。
谁听过那古旧的阳春白雪?
为真知的死者的慰藉,
有人已将它悬在树梢,
为天籁之凭托——
但曾一度谛听的飘逝之音。

而断裂的吴丝蜀桐
仅使人从弦柱间思忆华年。

92

小　曲

啼倦的鸟藏喙在彩翎间，
音的小灵魂向何处翩跹？
老去的花一瓣瓣委尘土，
香的小灵魂在何处流连？

它们不能在地狱里，不能，
这那么好，那么好的灵魂！
那么是在天堂，在乐园里？
摇摇头，圣彼得可也否认。

没有人知道在哪里，没有，
诗人却微笑而三缄其口：
有什么东西在调和氤氲，
在他的心的永恒的宇宙。

眼

在你的眼睛的微光下，
迢遥的潮汐升涨：
玉的珠贝，
青铜的海藻……
千万尾飞鱼的翅，
剪碎分而复合的
顽强的渊深的水。

无渚崖的水，
暗青色的水！
在什么经纬度上的海中，
我投身又沉溺在
以太阳之灵照射的诸太阳间，
以月亮之灵映光的诸月亮间，
以星辰之灵闪烁的诸星辰间？
于是我是彗星，
有我的手，
有我的眼，
并尤其有我的心。

我晞曝于你的眼睛的
苍茫朦胧的微光中，
并在你上面，
在你的太空的镜子中
鉴照我自己的

透明而畏寒的
火的影子，
死去或冰冻的火的影子。

我伸长，我转着，
我永恒地转着，
在你的永恒的周围
并在你之中……

我是从天上奔流到海，
从海奔流到天上的江河，
我是你每一条动脉，
每一条静脉，
每一个微血管中的血液，
我是你的睫毛
（它们也同样在你的
眼睛的镜子里顾影）
是的，你的睫毛，你的睫毛，

而我是你，
因而我是我。

夜 蛾

绕着蜡烛的圆光，
夜蛾作可怜的循环舞，
这些众香国的谪仙不想起
已死的虫，未死的叶。

说这是小睡中的亲人，
飞越关山，飞越云树，
来慰藉我们的不幸，
或者是怀念我们的死者，
被记忆所逼，离开了寂寂的夜台来。

我却明白它们就是我自己，
因为它们用彩色的大绒翅
遮覆住我的影子，
让它留在幽暗里。

这只是为了一念，不是梦，
就像那一天我化成风。

96

寂 寞

园中野草渐离离，
托根于我旧时的脚印，
给他们披青春的彩衣，
星下的盘桓从兹消隐。

日子过去，寂寞永存，
寄魂于离离的野草，
像那些可怜的灵魂，
长得如我一般高。

我今不复到园中去，
寂寞已如我一般高：
我夜坐听风，昼眠听雨，
悟得月如何缺，天如何老。

我思想

我思想，故我是蝴蝶……
万年后小花的轻呼
透过无梦无醒的云雾，
来振撼我斑斓的彩翼。

元日祝福

新的年岁带给我们新的希望。
祝福！我们的土地，
血染的土地，焦裂的土地，
更坚强的生命将从而滋长。

新的年岁带给我们新的力量。
祝福！我们的人民，
坚苦的人民，英勇的人民，
苦难会带来自由解放。

99

白蝴蝶

给什么智慧给我，
小小的白蝴蝶，
翻开了空白之页，
合上了空白之页？

翻开的书页：
寂寞；
合上的书页：
寂寞。

致萤火

萤火，萤火，
你来照我。

照我，照这沾露的草，
照这泥土，照到你老。

我躺在这里，让一颗芽
穿过我的躯体，我的心，
长成树，开花；

让一片青色的藓苔，
那么轻，那么轻
把我全身遮盖，

像一双小手纤纤，
当往日我在昼眠，
把一条薄被
在我身上轻披。

我躺在这里
咀嚼着太阳的香味；
在什么别的天地，
云雀在青空中高飞。

萤火，萤火，
给一缕细细的光线——
够担得起记忆，
够把沉哀来吞咽！

狱中题壁

如果我死在这里，
朋友啊，不要悲伤，
我会永远地生存
在你们的心上。

102

你们之中的一个死了，
在日本占领地的牢里，
他怀着的深深仇恨，
你们应该永远地记忆。

当你们回来，从泥土
掘起他伤损的肢体，
用你们胜利的欢呼
把他的灵魂高高扬起，

然后把他的白骨放在山峰，
曝着太阳，沐着飘风，
在那暗黑潮湿的土牢，
这曾是他惟一的美梦。

心　愿

几时可以开颜笑笑，
把肚子吃一个饱，
到树林子去散一会儿步，
然后回来安逸地睡一觉？
　　只有把敌人打倒。

几时可以再看见朋友们，
跟他们游山，玩水，谈心，
喝杯咖啡，抽一支烟，
念念诗，坐上大半天？
　　只有送敌人入殓。

几时可以一家团聚.
拍拍妻子，抱抱儿女，
烧个好菜，看本电影，
回来围炉谈笑到更深？
　　只有将敌人杀尽。

只有起来打击敌人，
自由和幸福才会临降，
否则这些全是白日梦
和没有现实的游想。

等　待

我等待了两年，
你们还是这样遥远啊！
我等待了两年，
我的眼睛已经望倦啊！

说六个月可以回来啦，
我却等待了两年啊，
我已经这样衰败啦，
谁知道还能够活几天啊。

我守望着你们的脚步，
在熟稔的贫困和死亡间，
当你们再来，带着幸福，
会在泥土中看见我张大的眼。

104

过旧居

这样迟迟的日影，
这样温暖的寂静，
这片午炊的香味，
对我是多么熟稔。

这带露台，这扇窗，
后面有幸福在窥望，
还有几架书，两张床，
一瓶花……这已是天堂。

我没有忘记：这是家，
妻如玉，女儿如花，
清晨的呼唤和灯下的闲话，
想一想，会叫人发傻；

单听他们亲昵地叫，
就够人整天地骄傲，
出门时挺起胸，伸直腰，
工作时也抬头微笑。

现在……可不是我回家午餐？……
桌上一定摆上了盘和碗，

亲手调的羹，亲手煮的饭，
想起了就会嘴馋。

这条路我曾经走了多少回！
多少回？……过去都压缩成一堆，
叫人不能分辨，日子是那么相类，
同样幸福的日子，这些孪生姊妹！
我可糊涂啦，是不是今天
出门时我忘记说"再见"？
还是这事情发生在许多年前，
其中间隔着许多变迁？

可是这带露台，这扇窗，
那里却这样静，没有声响，
没有可爱的影子，娇小的叫嚷，
只是寂寞，寂寞，伴着阳光。

而我的脚步为什么又这样累？
是否我肩上压着苦难的年岁，
压着沉哀，透渗到骨髓，
使我眼睛朦胧，心头消失了光辉？
为什么辛酸的感觉这样新鲜？

好像伤没有收口，苦味在舌间。
是一个归途的游想把我欺骗，
还是灾难的日月真横亘其间？

我不明白，是否一切都没改动，
却是我自己做了白日梦，
而一切都在那里，原封不动：
欢笑没有冰凝：幸福没有尘封？

或是那些真实的岁月，年代，
走得太快一点，赶上了现在，
回过头来瞧瞧，匆忙又退回来，

再陪我走几步，给我瞬间的欢快？
…………

有人开了窗，
有人开了门，
上到露台上———
一个陌生人。

生活，生活，漫漫无尽的苦路！
咽泪吞声，听自己疲倦的脚步；
遮断了魂梦的不仅是海和天，云和树，
无名的过客在往昔作了瞬间的踌躇。

106

在天晴了的时候

在天晴了的时候，
该到小径中去走走：
给雨润过的泥路，
一定是凉爽又温柔；
炫耀着新绿的小草，
已一下子洗净了尘垢；
不再胆怯的小白菊，
慢慢地抬起它们的头，
试试寒，试试暖，
然后一瓣瓣地绽透；
抖去水珠的凤蝶儿
在木叶间自在闲游，
把它的饰彩的智慧书页
曝着阳光一开一收。

到小径中去走走吧，
在天晴了的时候，
赤着脚，携着手，
踏着新泥，涉过溪流。
新阳推开了阴霾了，
溪水在温风中晕皱，
看山间移动的暗绿——
云的脚迹——它也在闲游。

赠 内

空白的诗帖，
幸福的年岁；
因为我苦涩的诗节
只为灾难树里程碑。

即使清丽的词华
也会消失它的光鲜，
恰如你鬓边憔悴的花
映着明媚的朱颜。

不如寂寂地过一世，
受着你光彩的熏沐，
一旦为后人说起时，
但叫人说往昔某人最幸福。

108

口 号

盟军的轰炸机来了，
看他们勇敢地飞翔，
向他们表示沉默的欢快，
但却永远不要惊慌。

看敌人四处钻，发抖；
盟军的轰炸机来了，
也许我们会碎骨粉身，
但总比死在敌人手上好。

我们需要冷静，坚忍，
离开兵营，工厂，船坞；
盟军的轰炸机来了，
叫敌人踏上死路。

苦难的岁月不会再迟延，
解放的好日子就快到，
你看带着这消息的
盟军的轰炸机来了。

偶　成

如果生命的春天重到，
古旧的凝冰都哗哗地解冻，
那时我会再看见灿烂的微笑，
再听见明朗的呼唤——这些迢遥的梦。

这些好东西都决不会消失，
因为一切好东西都永远存在，
它们只是像冰一样凝结，
而有一天会像花一样重开。

110

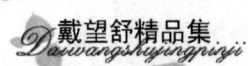

小说

债

一抹残阳斜照在一棵梧桐树的梢头，枯叶一片一片飘落到地上，呈着惨黄的颜色，被无情的秋风吹得索索作响。离梧桐树二丈多远，结着一间小小的茅舍，周围一片荒场，衰草没胫，阴凄凄的，挟着一派鬼气，真个是凄凉满目的景况。忽的一片悲声抢地呼天从茅舍里逗将出来，梧桐树上停着的几点乌鸦听到这声音，也似不忍闻一般地冲天飞去。原来这茅舍的主人就是那勤劳的佃夫，已在这天清早长辞人世了。他家还有老母妻子儿女，老老小小都靠他做工度日。可是这年年成不好，闹过水荒，田也没得种，终日赋闲。佃夫既没有积蓄，那堪坐吃山空，加着他老母又害了一场病，佃夫没有法子，一边向同村姓王的富户借了一笔债，一边卖卖菜聊作度日之计。他死的前一天，一清早就肩着一担菜到闹市上叫卖，直到日当停午，菜也卖完了，才将卖下来的钱换了些粗米，回到茅舍，吩咐他妻子烧了一罐薄粥。可是粥少人多，可怜每人还吃不到一碗，他的儿女还直嚷肚子饿咧。佃夫看了煞是伤心，一声长叹，两行眼泪，一滴滴扑下来，悲声说道，明天王家那笔债就要到期了，可怜我可以变钱的当的当了卖的卖了，拿什么来还他呢。便这点点利息也无从设法，那王家是村里有名的恶大虫，不是好惹的，但看西村张二借了他家的印子钱，后来闹得家破人亡，不得好结果。现在我们一家还是团聚在一块儿吃口薄粥，一到明天，正不知如何咧。他老母妻子愁人相对，

一筹莫展，只得在一旁陪眼泪。正在这时，忽的听见柴门敲得很急，还带着一种怒骂的声音，喊道，青天白日，这头劳什子的门，还关得怎紧，难道里面的人都死了吗？佃夫拿他的短褂擦擦眼睛，急开门一看，慌忙赔笑道，我道是谁，原来是王府上的大爷，是什么好风吹过来的呀？那人把浓眉一扬，两眼一瞪，大声喝道，不要绕弯儿装糊涂了，杀人偿命，欠债还钱，我问你明天的事怎么样了？佃夫一听怔怔无语，好久才低声下气的道，那敢不还，无奈今年闹了水灾，又闹旱荒，连牲口也卖了，实在是凑不起来，总得要大爷行个善事，在贵老爷面前好言几句，展个期头。那人摇摇他的头，冷笑道，都像你这般没人敢放乡账了。先关照你一声，明天有钱便罢，否则牲口没有，孩子总有的，抵在府上当书童使女去，你等着罢。佃

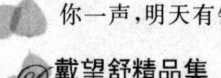
112

夫闻言吓得目呆口定,如雷惊鸭子似的,睁眼看那人恶狠狠的去了。佃夫也不再向他人乞情求免,只是呆呆地站在门口。那无情的秋风一直的扑过来,佃夫却如泥神木偶一般,动也不动。他那衣不足蔽体的孩子,觉得风冷,又一齐哭起来了,这才将佃夫失掉的魂灵又惊了转来,他回头来对他的孩子深深的看了一眼,咬牙就把柴门关上了。

　　这天晚上,他妻子只觉得她丈夫翻来覆去地睡不着,拍拍这个儿子,抚抚那个女儿,又不时拿他那震颤的手,握他妻子的手。于是他妻子便道,明天要赶早市的呀,早些睡熟罢。他应了声也便翻身睡了。到了半夜,他妻子只觉得床头索索地响,只道又是猫儿捉耗,也并不介意。到了天色微明,才被一种呻吟的声音惊醒。待看他丈夫时,只见脸也青了,眼也泛白了,咬着牙齿,不住地哼呼。她吃了一惊,急得怪叫起来,他年过七旬的老母,也惊醒了,忙过来看,急问他儿子是怎么样了。佃夫看看他的老母,又看看他的妻子儿女,不住地淌眼泪,断断续续的道,快到王府上去请位人来,我有话对他说咧。他妻子不知她丈夫得的什么病,又没钱去请医生,只得听她丈夫的话,一直到王家去。一息时昨天那人已是气急败坏的赶来,还是威风赫赫的喝道,大清早便来敲门,有甚劳什子的大事,可是叫我来还钱吗? 这时佃夫脸也变色了,指甲也青了,挣着一丝余气对那人道,杀人偿命,欠债还钱,我欠了债,不能还,只得赔了这条命,天可怜见我借这笔钱并不是浪费的,实是做我母亲的医药费的呀,如今我还不出钱,要拿我的孩子做抵押,叫我怎生舍得。如今我那条命还了你们. 可能 够看我可怜放过了我的孩子吗? 这一番濒死的哀鸣任是那人铁石般的心肠,也觉他实是可怜,点点头悄悄地去了:佃夫一边喘气,一边对他老母道,并非孩儿不孝,不能终事母亲,实在年荒世乱,孩儿活着也不能顾全母亲的衣食,如今我死了,或者有人悯我死的可怜,老小无依,把母亲送到养老堂去,孩儿也就瞑目了。又对他妻子道,可怜你跟我苦了一世,实在委屈你了,我今不忍儿女们做奴婢,宁可我自尽,才吞了一口鼠药,中途撒下了你先去了。你能做活度日,我倒不必代你担忧,我望你侍奉母亲,抚养儿女,不可为了我过于悲伤。他妻子哭着应了。又对孩子们道,你父亲弃掉你们去了,这实是你父亲对你

们不住，我愿你们要孝顺祖母和母亲，不要像我……说到这里，心头一阵剧痛，在板榻上滚了几滚，喊了几阵，五官流血，竟自往净土去了。他孩子看他父亲如此，也一齐哇地大哭起来，一家嚎啕痛哭，他妻子更哭得死去活来。可怜四无邻居，只有那阵阵的秋风，挟着一片秋声来凭吊他罢咧。

114

卖艺童子

　　他也是个人吗？为什他不受世人的同等待遇呢？唉,他不过家里少了几个钱罢了。他父亲原是个好好的商人,后来因为投机事业大大失败,所以就在他五岁那年,宣告破产。在他六岁那年子,他父亲便将他卖给了马戏班子里。从此以后,他就堕落在这悲惨的世界里,永无翻身之日了。

　　说起来委实可怜咧。他们的老班是个残忍的人,生性暴躁,动不动就要发火,要打人。可怜他今年不过十一岁咧,他老班又要鞭他,他同伙又要欺他,终日里挨打挨骂,到晚上还须到游艺场里去耍把戏,忍着饥耐着苦,不要说是偶然失了手,闯下了祸,定然打个半死,饿他半天,就是有所痛苦,也只好藏在心头,不敢现在颜面上。要是脸上稍有点不快活的样子,就派他是有意得罪看客,回来少不得又是一顿皮鞭子。我时常见他是张着小口,嘻嘻地笑着,可是我却深晓得他那浅浅的笑窝里,却含蕴着万种的痛苦悲怨呢。

　　我真不懂这提倡人道主义的世界,博爱还及到禽兽身上,鸡鸭倒提着就要受罚,可是他呢,他在演技的时候倒立在地上不算,还要他唱一支小曲,喝三杯冷水,吃一口香蕉,那时全身儿倒立着已经够受用了,何况再迫他唱小曲,灌食物下去呢,那自然有一种剧烈的痛苦,而且于他身体发育上当然又是个极大的阻碍。他现在已十一岁了,可是那小小的身子看过去总不过像七八岁,这就是个大大的明证。最可怪的就是这些看客越是看到这惨无人道的把戏越是拼命的喝彩,好似幸人之灾乐人之祸一般。原是呢,他们花了钱来寻快活的,不过总该存点恻隐之心啊。唉,他也是个人吗,为什么倒不如畜生呢?

　　我记得那天是冬季极冷的一天,呼呼的北风刮得厉害,他只着了一件夹袄,因为他班主不准他穿多,说穿得多了和耍把戏有妨碍的。到晚上又到游艺场里去演技了,他索索地抖着,那刀一般的风直刮得他的皮肤都裂开了,他浑身已麻木几乎不能动弹了。他身上所受的痛苦,他心中所受的痛苦已达到极点了。他又不敢反抗他老班的命令,畏缩不前,他依旧打起精神,丝毫不敢懈。他这夜演的是"爱神之舞",他就在那铮铮琮琮的妙乐里,现身在演技圈中,背上背着一双洁白的翼翅,扮作爱神的模样,苹果般的面庞娇红得怪可人怜。他举首望望那场中五丈多高的木架子，就有些胆寒了。这时他老班又发下命令，喊他上去，他心中恐怕极了，可是他总不敢反抗，只得张开了一双痛得通红的小手，攀住了那根从木架子上垂下来的绳子。他老班便将绳子的那一端拉下来，他就平空地吊了上去，达到最高的地点。他老班又发下暗示，他松了一只手，攀住了前面的木杆，想腾身过去，可怜他这时一双小手被风刮得出血了，他的神经已失了知觉了，只觉得眼前忽然一黑，他支持不住了，一松手，一个倒栽葱向下落下去。……唉，我也不忍说下去了。

我仿佛还记得当时的看客同声喝了个倒彩。

母　爱

　　他的病魔正在那里和死神交战，他的病正是在最危险的地步，他的面庞瘦得全不像个人，一双颧骨凸出得很高，两只眼睛陷进得很深，嘴唇上连一丝血色都没有。可是面上的燥火却红得利害，他已昏昏沉沉的三天没有进食。不但是没有进食，就是滴水都没有入口，在他病榻面前围满了五六个医生，有的摇头微叹，有的望着他发征，他们已把各人平生的技术都用出来，可是总想不出怎样可战胜死神。他们都是焦思着，屋子里静得连呼吸声都觉得很大。窗外药炉上的水沸声，又兀是闹个不休，越显得他的病症的危险可怕。他的母亲尤是焦急万分，噙着一包热泪，不住的望着伊爱子，轻轻的走到病榻前，俯身下去瞧他。可怜伊自己原也有病在身，可是伊为了伊爱子的病竟把自己的病都忘记了。伊已三夜不曾合眼过，眼皮肿得很高，也不知是睡肿的，还是伤心肿的。伊只有他一个爱子，伊的丈夫已在十年前故世了，只遗下这一块肉。伊守寡十年，靠着十个指头赚了钱来养他，备尝了世上的艰苦，才把他养大成人，居然使他能在社会上做点事，自食其力了。伊是极爱他的。伊的心中只有他一个爱子，所以除了他爱子随便什么都可牺牲，可怜伊为了他，竟积劳成了个不易医治的病，但是伊仍是照样的做去，希望他成家立业。不料他忽然病了，病症又十分危险。

　　伊百般的服侍看护，可是他的病竟一天重一天，伊也曾天天的求神拜佛，祝他病好，伊也曾拼当衣衫为他求医，伊一天到晚的望他好起来，伊竟对天立誓说，宁愿自己死了，代伊的爱子受过。

　　他的病在最危险时，朦胧中只听得耳际有颤动的呼吸声，又觉得头顶上有只手在那里抚摩他的头发，又觉得有人和他接了个吻，轻轻地拍拍他的身子，突然有一滴水滴到他脸上，他微微的张开眼睛看了看，只见枕头边有个人伏着，也看不见是谁，他慢慢的伸手过去，却摸着枕头上湿了倒有一大滩水，他觉得眼前一黑，又是昏昏沉沉地睡去了。

　　他的病总算赖天的保佑竟战胜了死神了。他母亲知道他的病已不危险了，也安了一大半心。但是伊还总是担忧，伊急望他痊愈，伊仍是不懈的看护他，不几时他的病竟消失得无影无踪了。病魔却加到他母亲的身上了。他母亲本来已是有病之身，再加上伊爱子的一场大病，又是担心又是积劳，所以等伊爱子病好了不久，伊又接连地病起来。伊的病状尤是凶险万分，一天到晚竟没有一刻儿困得着，终日的哼呼喊叫，实是危险极了。但是伊对伊爱子，却说我的病是不妨事的，过一二天自然就好了，你病才好，不可过劳，我的病不用你来照顾，我自己能服侍自己，不用你担心的；依我看来，医生也不必去接，这点点小病痛，也值得花多钱吗？就是你自己也不必老守在家里，外面也好去游散游散，不过这几天天冷，你衣服却要多着些啊。伊虽是病很厉害，伊却不肯对爱子直说，免得他心忧，还要色色都管周到，真是爱子之心无微不至了。可是他呢，真是全无良心的，自己病一好，也就不管他母亲的病了，总算还听他母亲的话，医生也不请，终日到晚老毛病发作，花天酒地的，索性连回也不回去了，老实说他的心中哪里有他母亲一个人，可怜他母亲的病愈积愈重竟一病不起了。在伊临终时，伊的爱子正在那里逐色征歌，可怜伊还盼望伊儿子归来见一见面。直等到气绝了，身冷了，还没有瞑目。

翻译作品

信天翁

[法]波特莱尔

时常地,为了戏耍,船上的人员
捕捉信天翁,那种海上的巨禽——
这些无挂碍的旅伴,追随海船,
跟着它在苦涩的漩涡上航行。

当他们把它们一放到船板上,
这些青天的王者,羞耻而笨拙,
就可怜地垂倒在他们的身旁
它们洁白的巨翼,像一双桨棹。

这插翅的旅客,多么呆拙委颓!
往时那么美丽,而今丑陋滑稽!
这个人用烟斗戏弄它的尖嘴,
那个人学这飞翔的残废者拐躄!

诗人恰似天云之间的王君,
它出入风波间又笑傲弓弩手;
一旦堕落在尘世,笑骂尽由人,
它巨人般的翼翅妨碍它行走。

高 举

[法]波特莱尔

在池塘的上面，在溪谷的上面，
临驾于高山，树林，天云和海洋，
超越过灏气，超越过太阳，
超越过那缀星的天球的界限。

我的心灵啊，你在敏捷地飞翔，
恰如善泳的人沉迷在波浪中，
你欣然犁着深深的广袤无穷，
怀着雄赳赳的狂欢，难以言讲。

远远地从这疾病的瘴气飞脱，
到崇高的大气中去把你洗净，
像一种清醇神明的美酒，你饮
滂渤弥漫在空间的光明的火。

那烦郁和无边的忧伤的沉重
沉甸甸压住笼着雾霭的人世，
幸福的惟有能够高举起健翅，
从它们后面飞向明朗的天空！

幸福的惟有思想如云雀悠闲，
在早晨冲飞到长空，没有挂碍，
——翱翔在人世之上，轻易地了解
那花枝和无言的万物的语言！

人和海

[法]波特莱尔

无羁束的人,你将永远爱海洋!
海是你的镜子;你照鉴着灵魂
在它的波浪的无穷尽的奔腾,
而你心灵是深渊,苦涩也相仿。

你喜欢沮没到你影子的心胸;
你用眼和臂拥抱它,而你的心
有时以它自己的烦嚣来遣兴,
在难驯而粗犷的呻吟声中。

你们一般都是阴森和无牵羁:
人啊,无人测过你深渊的深量;
海啊,无人知道你内蕴的富藏,
你们都争相保持你们的秘密!

然而无尽数世纪以来到此际,
你们无情又无悔地相互争强,
你们那么地爱好杀戮和死亡,
哦永恒的斗士,哦深仇的兄弟!

122

异国的芳芳

[法]波特莱尔

秋天暖和的晚间，当我闭了眼
呼吸着你炙热的胸膛的香味，
我就看见展开了幸福的海湄，
炫照着一片单调太阳的火焰；

一个闲懒的岛，那里"自然"产生
奇异的树和甘美可口的果子；
产生身体苗条壮健的小伙子，
和眼睛坦白叫人惊异的女人。

被你的香领向那些迷人地方，
我看见一个港，满是风帆桅樯，
都还显着大海的风波的劳色，

同时那绿色的罗望子的芬芳——
在空中浮动又在我鼻孔充塞，
在我心灵中和入水手的歌唱。

123

黄昏的和谐

[法]波特莱尔

现在时候到了,在茎上震颤颤,
每朵花氤氲浮动,像一炉香篆;
音和香味在黄昏的空中回转;
忧郁的圆舞曲和懒散的昏眩。

每朵花氤氲浮动,像一炉香篆;
提琴颤动,恰似心儿受了伤残;
忧郁的圆舞曲和懒散的昏眩!
天悲哀而美丽,像一个大祭坛。

提琴颤动,恰似心儿受了伤残,
一颗柔心,它恨虚无的黑漫漫!
天悲哀而美丽,像一个大祭坛;
太阳在它自己的凝血中沉湮……

一颗柔心(它恨虚无的黑漫漫)
收拾起光辉昔日的全部余残!
太阳在它自己的凝血中沉湮……
我心头你的记忆"发光"般明灿!

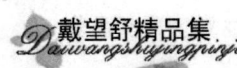

华丽的藻井，

深湛的明镜，

东方的那璀璨豪华，

一切向心灵

秘密地诉陈

它们温和的家乡话。

那里，一切只是整齐和美，

豪侈，平静和那欢乐迷醉。

看，在运河内

船舶在沉睡——

它们的情性爱流浪；

为了要使你

百事都如意，

它们才从海角来航。

西下夕阳明，

把朱玉黄金

笼罩住运河和田陇

和整个城镇；

世界睡沉沉

在一片暖热的光中。

那里，一切只是整齐和美，

豪侈，平静和那欢乐迷醉。

秋　歌

[法]波特莱尔

一

不久我们将沉入寒冷的幽暗，
再会，我们太短的夏日的辉煌！
我已经听到，带着阴森的震撼，
薪木在庭院的石上声声应响。

整个冬日将回到我心头：愤怒，
憎恨，战栗，恐怖，和强迫的劳苦，
正如太阳做北极地狱的囚徒，
我的心将是红冷的一块顽物。

我战栗着听块块坠下的柴木；
筑刑架也没有更沉着的回响。
我心灵好似个堡垒，终于屈服，
受了沉重不倦的撞角的击撞。

为这单调的震撼所摇，我好像
什么地方有人匆忙把棺材钉……
给谁？——昨天是夏；今天秋已临降！
这神秘的声响好像催促登程。

二

我爱你长睛碧辉，温柔的美人，
可是我今朝觉得事事尽堪伤，
你的爱情和妆室，和炉火温存，
看来都不及海上辉煌的太阳。

然而爱我，温柔的心！做个慈母，
纵然是对刁儿，纵然是对逆子；
恋人或妹妹，请你做光耀的秋
或残阳的温柔，由它短暂如此。

短工作！坟墓在等；它贪心无厌！
啊！容我把我的头靠在你膝上，
怅惜着那酷热的白色的夏天，
去尝味那残秋的温柔的黄光。

音　乐

[法]波特莱尔

音乐时常飘我去，如在大海中！
　　　向我苍白的星
在浓雾荫下或在浩漫的太空，
　　　我扬帆望前进；

胸膛向前挺，又鼓起我的两肺，
　　　好像张满布帆，
我攀登重波积浪的高高的背——
　　　黑夜里分辨难。

我感到苦难的船的一切热情
　　　在我心头震颤；
顺风，暴风和临着巨涡的时辰，
　　　它起来的痉挛

摇抚我。——有时，波平有如大明镜，
照我绝望孤影！

快乐的死者

[法]波特莱尔

在一片沃土中,那里满是蜗牛,
我要亲自动手掘一个深坑洞,
容我悠闲地摊开我的老骨头,
而睡在遗忘里,如鲨鱼在水中。

我恨那些遗嘱,又恨那些坟墓;
与其求世人把一滴眼泪抛撒,
我宁愿在生时邀请那些饥鸟
来啄我的贱体,让周身都流血。

虫豸啊!无耳目的黑色同伴人,
看自在快乐的死者来陪你们;
会享乐的哲学家,腐烂的儿子。

请毫不懊悔地穿过我臭皮囊,
向我说,对于这没灵魂的陈尸,
死在死者间,还有甚酷刑难当!

129

风　景

[法]波特莱尔

为要纯洁地写我的牧歌，我愿
躺在天旁边，像占星家们一般，
和那些钟楼为邻，梦沉沉谛听
它们为风飘去的庄严颂歌声。
两手托腮，在我最高的顶楼上，
我将看见那歌吟冗语的工场；
烟囱，钟楼，都会的这些桅樯，
和使人梦想永恒的无边昊苍。

温柔的是隔着那些雾霭望见
星星生自碧空，灯火生自窗间，
烟煤的江河高高地升到苍穹，
月亮倾泻出它的苍白的迷梦。
我将看见春天，夏天和秋天，
而当单调白雪的冬来到眼前，
我就要到处关上窗扉，关上门，
在黑暗中建筑我仙境的宫廷。

那时我将梦到微青色的天边，
花园，在纯白之中泣诉的喷泉，
亲吻，鸟儿（它们从早到晚地啼）

和田园诗所有最稚气的一切。
乱民徒然在我窗前兴波无休，
不会叫我从小桌抬起我的头；
因为我将要沉湎于逸乐狂欢，
可以随心任意地召唤回春天，
可以从我心头取出一片太阳，
又造成温雾，用我炙热的思想。

我没有忘记

[法]波特莱尔

我没有忘记，离城市不多远近，
我们的白色家屋，虽小却恬静；
它石膏的果神和老旧的爱神
在小树丛里藏着她们的赤身；
还有那太阳，在傍晚，晶莹华艳，
在折断它的光芒的玻璃窗前，
仿佛在好奇的天上睁目不闪，
凝望着我们悠长静默的进膳，
把它巨蜡般美丽的反照广布
在朴素的台布和哔叽的帘幕。

赤心的女仆

[法]波特莱尔

那赤心的女仆，当年你妒忌她，
现在她睡眠在卑微的草地下，
我们也应该带几朵花去供奉。
死者，可怜的死者，都有大苦痛；
当十月这老树的伐枝人嘘吹
它的悲风，围绕着他们的墓碑，

他们一定觉得活人真没良心，
那么安睡着，暖暖地拥着棉衾，
他们却被黑暗的梦想所煎熬，
既没有共枕人，也没有闲说笑，
老骨头冰冻，给虫豸蛀到骨髓，
他们感觉冬天的雪在渗干水，
感觉世纪在消逝，又无友无家
去换挂在他们墓栏上的残花。

假如炉薪啸歌的时候，在晚间，
我看见她坐到圈椅上，很安闲，
假如在十二月的青色的寒宵，
我发现她蜷缩在房间的一角，
神情严肃，从她永恒的床出来
用慈眼贪看着她长大的小孩；
看见她凹陷的眼睛坠泪滚滚，
我怎样来回答这虔诚的灵魂？

亚伯和该隐

[法]波特莱尔

一

亚伯的种，你吃，喝，睡；
上帝向你微笑亲切。

该隐的种，在污泥水
爬着，又可怜地绝灭。

亚伯的种，你的供牲
叫大天神闻到喜欢！

该隐的种，你的苦刑
可是永远没有尽完？

亚伯的种，你的播秧
和牲畜，瞧，都有丰收；

该隐的种，你的五脏
在号饥，像一只老狗。

亚伯的种，族长炉畔，
你祖开你的肚子烘；

该隐的种，你却寒战，
可怜的豺狼，在窟洞！

亚伯的种，恋爱，繁殖！
你的金子也生金子。

该隐的种，心怀燃炽，
这大胃口你得当心。

亚伯的种，臭虫一样，
你在那里滋生，吞刮！

该隐的种，在大路上
牵曳你途穷的一家。

二

亚伯的种，你的腐尸
会壅肥了你的良田！

该隐的种，你的大事
还没有充分做完全；

亚伯的种，看你多羞
铁剑却为白梃所败！

该隐的种，升到天宙，
把上帝扔到地上来！

入 定

[法]波特莱尔

乖一点，我的沉哀，你得更安静，
你吵着要黄昏，它来啦，你瞧瞧；
一片幽暗的大气笼罩住全城，
与此带来宁谧，与彼带来烦恼。

当那凡人们的卑贱庸俗之群，
受着无情刽子手"逸乐"的鞭打，
要到奴性的欢庆中采撷悔恨，
沉哀啊，伸手给我，朝这边来吧，

避开他们。你看那逝去的年光，
穿着过时衣衫，凭着天的画廊，
看那微笑的怅恨从水底浮露，

看睡在涵洞下的垂死的太阳，
我的爱，再听温柔的夜在走路，
就好像一条长殓布曳向东方。

声 音

[法]波特莱尔

我的摇篮靠着书库——这阴森森
巴贝尔塔,有小说,科学,词话,
一切,拉丁的灰烬和希腊的尘,
都混和着。我像对开本似高大。
两个声音对我说话。狡狯,肯定,
一个说:"世界是一个糕,蜜蜜甜,
我可以(那时你的快乐就无尽)
使得你的胃口那么大,那么健。"
另一个说:"来吧! 到梦里来旅行,
超越过可能,超越过已知!"
于是它歌唱,像沙滩上的风声,
啼唤的幽灵,也不知从何而至,
声声都悦耳,却也使耳朵惊却。
我回答了你:"是的! 柔和的声音!"
从此后就来了,哎! 那可以称做
我的伤和宿命。在浩漫的生存
布景后面,在深渊最黑暗所在,
我清楚地看见那些奇异世界,
于是,受了我出神的明眼的害,
我曳着一些蛇——它们咬我的鞋。

于是从那时候起，好像先知，
我那么多情地爱着沙漠和海；
我在哀悼中欢笑，欢庆中泪湿，
又在最苦的酒里找到美味来；
我惯常把事实当作虚谎玄空，
眼睛向着天，我坠落到窟窿里。
声音却安慰我说："保留你的梦：
哲人还没有狂人那样美丽！"

138

山　楂

[法]果尔蒙

西茉纳，你的温柔的手有了伤痕，
你哭着，我却要笑这奇遇。

山楂防御它的心和它的肩，
它已将它的皮肤许给了最美好的亲吻。

它已披着它的梦和祈祷的大幕，
因为它和整个大地默契；

它和早晨的太阳默契，
那时惊醒的群蜂正梦着苜蓿和百里香，

和青色的鸟，蜜蜂和飞蝇，
和周身披着天鹅绒的大土蜂，

和甲虫、细腰蜂，金栗色的黄蜂，
和蜻蜓，和蝴蝶，

以及一切有趣的，和在空中
像三色堇一样地舞着又徘徊着的花粉；

它和正午的太阳默契，
和云，和风，和雨，

以及一切过去的，和红如蔷薇，
洁如明镜的薄暮的太阳，

139

和含笑的月儿以及和露珠,

和天鹅,和织女,和银河;

它有如此皎白的前额而它的灵魂是如此纯洁,

使它在全个自然中钟爱它自身。

冬 青

[法]果尔蒙

西茉纳,太阳含笑在冬青树叶上;
四月已回来和我们游戏了。

他将些花篮背在肩上,
他将花枝送给荆棘、栗树、杨柳;

他将长生草留给水,又将石楠花
留给树木,在枝干伸长着的地方;

他将紫罗兰投在幽阴中,在黑莓下,
在那里,他的裸足大胆地将它们藏好又踏下,

他将雏菊和有一个小铃项圈的
樱草花送给了一切的草场;

他让铃兰和白头翁一齐坠在
树林中,沿着幽凉的小径;

他将鸢尾草种在屋顶上
和我们的花园中,西茉纳,那里有好太阳,

他散布鸽子花和三色堇,
风信子和那丁香的好香味。

雾

[法]果尔蒙

西茉纳，穿上你的大氅和你黑色的大木靴，
我们将像乘船似的穿过雾中去。

我们将到美的岛上去，那里的女人们
像树木一样地美，像灵魂一样地赤裸；
我们将到那些岛上去，那里的男子们
像狮子一样的柔和，披着长而褐色的头发，
来啊，那没有创造的世界从我们的梦中等着
它的法律，它的欢乐，那些使树开花的神
和使树叶炫烨而幽响的风。
来啊，无邪的世界将从棺中出来了。

西茉纳，穿上你的大氅和你黑色的大木靴，
我们将像乘船似的穿过雾中去。

我们将到那些岛上去，那里有高山，
从山头可以看见原野的平寂的幅员，
和在原野上啮草的幸福的牲口，
像杨柳树一样的牧人，和用禾叉
堆在大车上面的稻束：
阳光还照着，绵羊歇在
牲口房边，在园子的门前，
这园子吐着地榆、莴苣和百里香的香味。

西茉纳,穿上你的大氅和你黑色的大木靴,
我们将像乘船似的穿过雾中去。

我们将到那些岛上去,那里灰色和青色的松树
在西风飘过它们的发间的时候歌唱着。
我们卧在它们的香荫下,将听见
那受着愿望的痛苦而等着
肉体复活之时的幽灵的烦怨声。
来啊,无限在昏迷而欢笑,世界正沉醉着:
梦沉沉地在松下,我们许会听得
爱情的话,神明的话,辽远的话。

西茉纳,穿上你的大氅和你黑色的大木靴,
我们将像乘船似的穿过雾中去。

雪

[法]果尔蒙

西茉纳，雪和你的颈一样白，
西茉纳，雪和你的膝一样白。

西茉纳，你的手和雪一样冷，
西茉纳，你的心和雪一样冷。

雪只受火的一吻而消溶，
你的心只受永别的一吻而消溶。

雪含愁在松树的枝上
你的前额含愁在你栗色的发下。

西茉纳，你的妹妹雪睡在庭中。
西茉纳，你是我的雪和我的爱。

144

死 叶

[法]果尔蒙

西茉纳,到林中去吧,树叶已飘落了;
它们铺着苍苔、石头和小径。

西茉纳,你爱死叶上的步履声吗?

它们有如此柔美的颜色,如此沉着的调子,
它们在地上是如此脆弱的残片!

西茉纳,你爱死叶上的步履声吗?

它们在黄昏时有如此哀伤的神色,
当风来飘转它们时,它们如此婉转地哀鸣!

西茉纳,你爱死叶上的步履声吗?

当脚步蹂躏着它们时,它们像灵魂一样地啼哭,
它们做出振翼声和妇人衣裳的綷縩声。

西茉纳,你爱死叶上的步履声吗?

来啊:我们一朝将成为可怜的死叶,
来啊:夜已降下,而风已将我们带去了。

西茉纳,你爱死叶上的步履声吗?

河

[法]果尔蒙

西茉纳,河唱着一支淳朴的曲子,
来啊,我们将走到灯心草和蓬骨间去;
是正午了:人们抛下了他们的犁,
而我,我将在明耀的水中看见你的跣足。

河是鱼和花的母亲;
是树、鸟、香、色的母亲;

她给吃了谷又将飞到
一个辽远的地方去的鸟儿喝水,

她给那绿腹的青蝇喝水,
她给像船奴似的划着的水蜘蛛喝水。

河是鱼的母亲:她给它们
小虫、草、空气和臭氧气;

她给它们爱情:她给它们翼翅,
使它们追踪它们的女性的影子到天边。

河是花的母亲,虹的母亲,
一切用水和一些太阳做成的东西的母亲:
她哺养红豆草和青草,和有蜜香的
绣线菊,和毛蕊草。

它是有像鸟的茸毛的叶子的；
她哺养小麦,苜蓿和芦苇；

她哺养苎麻；她哺养亚麻；
她哺养燕麦、大麦和荞麦；

她哺养裸麦、河柳和林檎树；
她哺养垂柳和高大的白杨。

河是树木的母亲:美丽的橡树
曾用它们的脉管在她的河床中吸取清水。

河使天空肥沃:当下雨时,
那是河,她升到天上,又重降下来；

河是一个很有力又很纯洁的母亲。
河是全个自然的母亲。

西茉纳,河唱着一支淳朴的曲子,
来啊,我们将走到灯心草和蓬骨间去；

是正午了:人们抛下了他们的犁,
而我,我将在明耀的水中看见你的跣足。

147

果树园

[法]果尔蒙

西茉纳,带一只柳条的篮子,
到果树园子去吧。
我们将对我们的林檎树说,
在走进果树园的时候:
林檎的时节到了,
到果树园去吧。西茉纳,
到果树园去吧。

林檎树上飞满了黄蜂,
因为林檎都已熟透了
有一阵大的嗡嗡声
在那老林檎树的周围。
林檎树上已结满了林檎,
到果树园去吧,西茉纳。
到果树园去吧。

我们将采红林檎,
黄林檎和青林檎,
更采那肉已烂熟的
酿林檎酒的林檎。
林檎的时节到了,

148

到果树园去吧,西茉纳,
到果树园去吧。

你将有林檎的香味
在你的衫子上和你的手上,
而你的头发将充满了
秋天的温柔的芬芳。
林檎树上都已结满了林檎,
到果树园去吧,西茉纳,
到果树园去吧。

西茉纳,你将是我的果树园
和我的林檎树;
西茉纳,赶开了黄蜂
从你的心和我的果树园。
林檎的时节到了,
到果树园去吧,西茉纳,
到果树园去吧。

149

园　子

[法]果尔蒙

西茉纳，八月的园子
是芬芳、丰满而温柔的：
它有芜菁和莱菔，
茄子和甜萝卜，
而在那些惨白的生菜间，
还有那病人吃的莴苣；
再远些，那是一片白菜，
我们的园子是丰满而温柔的。

豌豆沿着攀竿爬上去；
那些攀竿正像那些
穿着饰红花的绿衫子的少妇一样。
这里是蚕豆，
这里是从耶路撒冷来的葫芦。
胡葱一时都抽出来了，
又用一顶王冕装饰着自己，
我们的园子是丰满而温柔的。

周身披着花边的天门冬
结熟了它们的珊瑚的种子；
那些链花，虔诚的贞女，
已用它们的棚架做了一个花玻璃大窗，

而那些无思无虑的南瓜
在好太阳中鼓起了它们的颊；
人们闻到百里香和茴香的气味，
我们的园子是丰满而温柔的。

磨 坊

[法]果尔蒙

西茉纳,磨坊已很古了,它的轮子
满披着青苔,在一个大洞的深处转着:
　　　人们怕着,轮子过去,轮子转着
　　　好像在做一个永恒的苦役。

土墙战栗着,人们好像是在汽船上,
在沉沉的夜和茫茫的海之间:
　　　人们怕着,轮子过去,轮子转着
　　　好像在做一个永恒的苦役。

天黑了;人们听见沉重的磨石在哭泣,
它们是比祖母更柔和更衰老:
　　　人们怕着,轮子过去,轮子转着
　　　好像在做一个永恒的苦役。

磨石是如此柔和、如此衰老的祖母,
一个孩子就可以拦住,一些水就可以推动:
　　　人们怕着,轮子过去,轮子转着
　　　好像在做一个永恒的苦役。

他们磨碎了富人和穷人的小麦,
它们亦磨碎裸麦,小麦和山麦;
　　　人们怕着,轮子过去,轮子转着

好像在做一个永恒的苦役。

它们是和最大的使徒们一样善良，
它们做那赐福与我们又救我们的面色：
　　人们怕着，轮子过去，轮子转着
　　好像在做一个永恒的苦役。

它们养活人们和柔顺的牲口，
那些爱我们的手又为我们而死的牲口，
　　人们怕着，轮子过去，轮子转着
　　好像在做一个永恒的苦役。

它们走去，它们啼哭，它们旋转，它们呼鸣，
自从一直从前起，自从世界的创始起：
　　人们怕着，轮子过去，轮子转着
　　好像在做一个永恒的苦役。

西茉纳，磨坊已很古了：它的轮子，
满披着青苔，在一个大洞的深处转着。

教 堂

[法]果尔蒙

西茉纳，我很愿意，夕暮的繁喧
是和孩子们唱着的赞美歌一样柔和。
幽暗的教堂正像一个老旧的邸第；
蔷薇有爱情和篆烟的沉着的香味。

我很愿意，我们将缓缓地静静地走去，
受着刈草归来的人们的敬礼；
我先去为你开了柴扉，
而狗将含愁地追望我们多时。

当你祈祷的时候，我将想到那些
筑这些墙垣，钟楼，眺台
和那座沉重得像一头负着
我们每日罪孽的重担的驮兽的大殿的人们。

想到那些捶凿拱门石的人们，
他们是又在长廊下安置一个大圣水瓶的；
想到那些花玻璃窗上绘画帝王
和一个睡在村舍中的小孩子的人们。

我将想到那些锻冶十字架、
雄鸡、门链、门上的铁件的人们；
想到那些雕刻木头的
合手而死去的美丽的圣女的人们。

154

我将想到那些熔制钟的铜的人们，
在那里，人们投进一个黄金的羔羊去，
想到那些在一二一一年掘坟穴的人们：
在坟里，圣鄂克安眠着，像宝藏一样。

良 心

[法]V·雨戈

携带着他的披着兽皮的儿孙，
苍颜乱发，在狂风暴雨里奔行，
该隐从上帝耶和华前面奔逃，
当黑夜来时，这哀愁的人来到
山麓边，在那一片浩漫的平芜；
他疲乏的妻子和喘息的儿孙说：
"我们现在且躺在地上做回梦。"
该隐却睡不着，在山边想重重。
猛然间抬头，在凄戚的长天底，
他看见只眼睛，张大在幽暗里，
那眼睛在黑暗之中盯住看他。
"太近了，"他震颤着说了这句话。
推醒入睡的儿孙，疲倦的女人，
他又仓皇地重在大地上奔行。
他走了三十夜，他走了三十天，
他奔走着，战栗着，苍白又无言！
偷偷摸摸，没有回顾。他行近
那从亚述始有的国土的海滨，
"停下吧，"他说，"这个地方可安身，
留在此地。我们到了大地尽头。"
但他一坐下，就在凄戚的天陬，
看见眼睛在原处，他惊战个不住。

"藏过我！"他喊着，于是他的儿孙，
掩唇不语，看愁苦的公公颤震。
该隐吩咐雅八——那在毡幕下面，
广漠间，生活着的人们祖先，
说道："把那帐篷靠着这一面张。"
他就张开了那一面飘摇的围墙，
当人们用了重铅锤把它压着，
"你不看见了吗？"棕发的洗拉说，
（他的子孙的媳妇，柔美若黎明。）
该隐回答说："我还看见这眼睛！"
犹八——那个飘游巡逡在村落间
吹号角敲大鼓的人们的祖先，
高声喊道："让我来造一重栅栏。"
他造了铜墙，让该隐在里面耽。
该隐说："这个眼睛老是望着我！"
以诺说："该造个环堡，坚固嵯峨，
使得随便什么人都不敢近来，
让我们来造一座高城和坚寨
让我们造一座高城，将它紧掩。"
于是土八该隐，铁匠们的祖先，
就筑了一座崔巍非凡的城池，
他的弟兄，在平原，当他工作时，
驱逐以挪士和赛特的儿孙；
他们又挖去了过路人的眼睛；
而晚间，他们飞箭去射那星光，
岩石代替了帐篷的飘摇的墙。
他们用铁钩把那大石块连并，
于是这座城便像是座地狱城；
城楼的影子造成了四乡的夜暮，
他们将城垣造得有山的厚度，
城门上铭刻着：禁止上帝进来。
当他们终于建筑完了这城砦，
将该隐在中央石护楼中供奉。

他便在里面愁苦。"啊,我的公公!
看不见眼睛吗!"洗拉战栗着说,
该隐却回答道:"不,它老是在看。"
于是他又说:"我愿意住在地底,
像一个孤独的人住在他墓里,
没有东西见我,我也不见东西。"
他们掘了个坑,该隐说:"合我意!"
然后独自走到那幽暗的土茔,
当他在幽暗里刚在椅上坐稳,
他们在他头上铺上泥土层层,
眼睛已进了坟里,注视着该隐。

瓦上长天

[法]魏尔伦

瓦上长天
　　柔复青！
瓦上高树
　　摇娉婷。

天上鸣铃
　　幽复清。
树间小鸟
　　啼怨声。

帝啊，上界生涯
　　温复淳。
低城飘下
　　太平音。

——你来何事
　　泪飘零，
如何消尽
　　好青春？

一个贫穷的牧羊人

［法］魏尔伦

我怕那亲嘴
像怕那蜜蜂。
我戒备又忍痛
没有安睡：
我怕那亲嘴！

可是我却爱凯特
和她一双妙眼。
她生得轻捷，
有洁白的长脸，
哦！我多么爱凯特！

今朝是"圣华兰丁"
我应得问她在早晨，
可是我不敢
说那可怕的事情，
除了这"圣华兰丁"。

她已经允许我，
多么地幸运！
可是应该这么做
才算得个情人
在一个允许后！

我怕那亲嘴
像怕那蜜蜂：
我戒备又忍痛
没有安睡：
我怕那亲嘴！

她已经允许我，
多么地幸运！
可是应该这么做
才算得个情人
在一个允许后！

我怕那亲嘴
像怕那蜜蜂：
我戒备又忍痛
没有安睡：
我怕那亲嘴！

我有几朵小青花

[法]保尔·福尔

我有几朵小青花，我有几朵比你的眼睛更灿烂的小青花：——给我吧！——她们是属于我的，她们是不属于任何人的。在山顶上，爱人啊，在山顶上。

我有几粒红水晶，我有几粒比你嘴唇更鲜艳的红水晶。——给我吧！——她们是属于我的，她们是不属于任何人的。在我家里炉灰底下，爱人啊，在我家里炉灰底下。

我已找到了一颗心，我已找到了两颗心，我已找到了一千颗心。——让我看！——我已找到了爱情，她是属于大家的。在路上到处都有，爱人啊，在路上到处都有。

162

晚　歌

［法］保尔·福尔

森林的风要我怎样啊，在夜间摇着树叶？

森林的风要我们什么啊，在我们家里惊动着火焰？

森林的风寻找着什么啊，敲着窗儿又走开去？

森林的风看见了什么啊，要这样地惊呼起来？

我有什么得罪了森林的风啊，偏要裂碎我的心？

森林的风是我的什么啊，要我流了这样多的眼泪？

夏夜之梦

[法]保尔·福尔

山间自由的蔷薇昨晚欢乐地跳跃,而一切田野间的蔷薇,在一切的花园中都说:

"我的姊妹们,我们轻轻地跳过栅子吧!园丁的喷水壶比得上晶耀的雾吗?"

在一个夏夜,我看见在大地一切的路上,花坛的蔷薇都向一枝自由的蔷薇跑去!

幸　福

[法]保尔·福尔

幸福是在草场中。快跑过去,快跑过去。幸福是在草场中,快跑过去,它就要溜了。

假如你要捉住它,快跑过去,快跑过去。假如你要捉住它,快跑过去,它就要溜了。

在杉菜和野茴香中,快跑过去,快跑过去。在杉菜和野茴香中,快跑过去,它就要溜了。

在羊角上,快跑过去,快跑过去。在羊角上,快跑过去,它就要溜了。

在小溪的波上,快跑过去,快跑过去。在小溪的波上,快跑过去,它就要溜了。

从林檎树到樱桃树,快跑过去,快跑过去。从林檎树到樱桃树,快跑过去,它就要溜了。

跳过篱垣,快跑过去,快跑过去。跳过篱垣,快跑过去! 它已溜了!

屋子会充满了蔷薇

[法]耶 麦

屋子会充满了蔷薇和黄蜂，

在午后，人们会在那儿听到晚祷声，

而那些颜色像透明的宝石的葡萄

似乎会在太阳下舒徐的幽阴中睡觉。

我在那儿会多么地爱你！我给你我整个的心，

（它是二十四岁）和我的善讽的心灵，

我的骄傲，我的白蔷薇的诗也不例外；

然而我却不认得你，你是并不存在，

我只知道，如果你是活着的，

如果你是像我一样地在牧场深处，

我们便会欢笑着接吻，在金色的蜂群下，

在凉爽的溪流边，在浓密的树叶下

我们只会听到太阳的暑热。

在你的耳上，你会有胡桃树的阴影，

随后我们会停止了笑，密合我们的嘴，

来说那人们不能说的我们的爱情；

于是我会找到了，在你的嘴唇的胭脂色上，

金色的葡萄的味，红蔷薇的味，蜂儿的味。

我爱那如此温柔的驴子

[法]耶 麦

我爱那如此温柔的驴子，
它沿着冬青树走着。

它提防着蜜蜂
又摇动它的耳朵；

它还载着穷人们
和满装着燕麦的袋子。

它跨着小小的快步
走近那沟渠。

我的恋人以为它愚蠢。
因为它是诗人。

它老是思索着。
它的眼睛是天鹅绒的。

温柔的少女啊，
你没有它的温柔：
因为它是在上帝面前的，
这青天的温柔的驴子。

而它住在牲口房里，
忍耐又可怜，

把它的可怜的小脚
走得累极了

它已尽了它的职务
从清晨到晚上。

少女啊,你做了些什么?
你已缝过你的衣衫……

可是驴子却伤了:
因为虻蝇螫了它。

它竭力地操作过
使你们看了可怜。

小姑娘,你吃过什么了?
——你吃过樱桃吧。

驴子却燕麦都没得吃,
因为主人太穷了。

它吮着绳子,
然后在幽暗中睡了……

你的心儿的绳子
没有那样甜美。

它是如此温柔的驴子,
它沿着冬青树走着。

我有"长恨"的心:
这两个字会得你的欢心。

对我说吧,我的爱人,
我还是哭呢,还是笑?

去找那衰老的驴子,
向它说:我的灵魂

是在那些大道上的,
正和它清晨在大道上一样:

去问它,爱人啊,

我还是哭呢，还是笑？

我怕它不能回答：
它将在幽暗中走着，

充满了温柔，
在披花的路上。

少 女

[法] 耶 麦

那少女是洁白的，
在她的宽阔的袖口里，
她的腕上有蓝色的静脉。

人们不知道她为什么笑着。
有时她喊着，
声音是刺耳的。

难道她恐怕
在路上采花的时候
摘了你们的心去吗？

有时人们说她是知情的。
不见得老是这样吧。
她是低声小语着的。

"哦！我亲爱的！啊，啊……
……你想想……礼拜三
我见过他……我笑……了。"她这样说。

有一个青年人苦痛的时候，
她先就不做声了，她十分吃惊，不再笑了。

在小径上
她双手采满了
有刺的灌木和蕨薇。

她是颀长的，她是洁白的，
她有很温存的手臂。
她是亭亭地立着而低下了头的。

天要下雪了

[法]耶　麦

赠 Léopold Bauby

天要下雪了,再过几天。我想起去年。
在火炉边我想起了我的烦忧。
假如有人问我:"什么啊?"
我会说:"不要管我吧。没有什么。"

我深深地想过,在去年,在我的房中,
那时外面下着沉重的雪。
我是无事闲想着。现在,正如当时一样
我抽着一枝琥珀柄的木烟斗。

我的橡木的老伴侣老是芬芳的。
可是我却愚蠢,因为许多事情都不能变换,
而想要赶开了那些我们知道的事情
也只是一种空架子罢了。

我们为什么想着谈着? 这真奇怪;
我们的眼泪和我们的接吻,它们是不谈的,
然而我们却了解它们,
而明友的步履是比温柔的言语更温柔。

人们将星儿取了名字,
也不想想它们是用不到名字的,

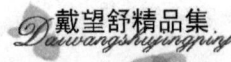

而证明在暗中将飞过的美丽彗星的数目，
是不会强迫它们飞过的。

现在，我去年老旧的烦忧是在哪里？
我难得想起它们。
我会说："不要管我吧，没有什么，"
假使有人到我房里来问我："什么啊？"

173

为带驴子上天堂而祈祷

〔法〕耶　麦

174

在应该到你那儿去的时候,天主啊,
请使那一天是欢庆的田野扬尘的日子吧。
我愿意,正如我在这尘世上一般,
选择一条路走,如我的意愿,
到那在白昼也布满星星的天堂。
我将走大路,携带着我的手杖,
于是我将对我的朋友驴子们说端详:
我是法朗西思·耶麦,现在上天堂,
因为好天主的乡土中,地狱可没有。
我将对它们说:来,青天的温柔的朋友,
你们这些突然晃着耳朵去赶走
马蝇,鞭策蜜蜂的可怜的亲爱的牲口,
请让我来到你面前,围着这些牲口——
我那么爱它们,因为它们慢慢地低下头,
并且站住,一边把它们的小小的脚并齐,
样子是那么地温柔,会叫你怜惜。
我将来到,后面跟着它们的耳朵无数双,
跟着那些驴儿,在腰边驮着大筐,
跟着那些驴儿,拉着卖解人的车辆,
或是拉着大车,上面有毛帚和白铁满装,
跟着那些驴儿,背上驮着隆起的水囊,

跟着那些母驴，踏着小步子，大腹郎当，
跟着那些驴儿，穿上了小腿套一双双，
因为它们有青色的流脓水的伤创，
惹得固执的苍蝇聚在那里着了忙。
天主啊，让我和这些驴子同来见你，
叫天神们在和平之中将我们提携，
行向草木丛生的溪流，在那里，
颤动着樱桃，光滑如少女欢笑的肤肌，
而当我在那个灵魂的寄寓的时候，
俯身临着你的神明的水流，
使我像那些对着永恒之爱的清渠
鉴照着自己卑微而温柔的寒伧的毛驴。

175

心灵出去

［法］比也尔·核佛尔第

多少部书！一座寺院，厚厚的墙是用书砌成的。

那边，在那我不知道怎样，我不知道从哪儿进去的里面，我窒息着；天花板是灰色的，蒙了灰尘。一点声音都没有。

那一边多么伟大的思想都不再动了；它们睡着或是已经死了。在这悲哀的宫里，天气是那么地热，那么地阴郁！

我用我的指爪抓墙壁，于是一块一块地，我在右边的墙上挖了一个洞。

那是一扇窗，而那想把我眼睛弄瞎的太阳，不能阻止我向上面眺望。

那是街路，但是那座宫已不再在那儿了。我已经认识了别一些灰尘和别一些围着人行道的墙了。

176

白与黑

[法]比也尔·核佛尔第

除了生活在这盏灯的大白树以外
如何生活在别的地方

老人已把他的象牙的牙齿一个个地丢了
何苦继续去咬些永远

不死的孩子

老人

牙齿
然而那不是同样的那个梦
而当他自以为他竟和上帝

一样伟大他变了他的宗教

而离开了他的老旧的黑房间
然后他买了些新的领结

和一个衣橱
但是现在他的和树一样白的头

实际上只是一个可怜的小球

在坡级的下面

那个球远远地动着
旁边有一头狗而在他的远远的形象中
当他动着的时候人们已不更知道那是否是球

同样的数目

[法]比也尔·核佛尔第

半睁半闭的眼睛
　　　在波岸的手
天
　　　和一切到来的
门倾斜着
　　　一个头突出来
在框子里
而从门扉间
人们可以望过去
太阳把一切地位都占了去
但是树木总是绿色的
　　　一点钟堕下去
　　　天格外热了
而屋子是更小了
经过的人们走得慢了一点
老是望着上面
　　　现在灯把我们照亮了
同时远远地望着
于是我们可以看见
　　　那过来的光
我们满意了
　　　晚上
在有人等着我们的另一所屋子前面

178

夜　深

[法]比也尔·核佛尔第

夜所分解的颜色
他们所坐着的桌子
火炉架上的玻璃杯
　　灯是一颗空虚了的心
这是另一半
　一个新的皱纹
你已经想过了吗
　窗子倾吐出一个青色的方形
门是更亲切一点
　　一个分离
　　悔恨和罪
永别吧我坠入
接受我的手臂的温柔的角度里去了
我斜睨着看见了一切喝着酒的人们
　　我不敢动
他们都坐着
　　桌子是圆的
而我的记忆也是如此
我记起了一切的人
甚至那已经走了的

肖像

[法]苏佩维艾尔

母亲，我很不明白人们是如何找寻那些死者的，
我迷途在我的灵魂，它的那些险阻的脸儿，
它的那些荆棘以及它的那些目光之间。
帮助我从那些眩目惊心的嘴唇所憧憬的
我的界域中回来吧，
帮助我寂然不动吧，
那许多动作隔离着我们，许多残暴的猎犬！
让我俯就那你的沉默所形成的泉流，
在你的灵魂所撼动的枝叶的一片反照中。
啊！在你的照片上，
我甚至看不出你的目光是向哪一面飘的。
然而我们，你的肖像和我自己，却走在一起，
那么地不能分开
以致在除了我们便无人经过的
这个隐秘的地方
我们的步伐是类似的，
我们奇妙地攀登山岗和山峦。
而在那些斜坡上像无手的受伤者一样地游戏。
一支大蜡烛每夜流着，溅射到晨曦的脸上——
那每天从死者的沉重的床中间起来的，
半窒息的，
迟迟认不出自己的晨曦。

我的母亲，我严酷地对你说着话，
我严酷地死者们说着话，因为我们应该
站在滑溜的屋顶上，
两手放在嘴的两边，并用一种发怒的音调
去压制住那想把我们生者和死者隔绝的
震耳欲聋的沉默，而对他们严酷地说话的。

我有着你的几件首饰，
好像是从河里流下来的冬日的断片，
在这有做着"不可能"的囚徒的新月
起身不成而一试再试的
溃灭的夜间，
在一只箱子底夜里闪耀着的这手钏便是你的。
这现在那么弱地是你的我，从前却那么强地是
　你，
而我们两人是那么牢地钉在一起，竟应该同死，
像是在那开始有盲目的鱼
有眩目的地平线的
大西洋的水底里互相妨碍泅水
互相蹴踢的两个半溺死的水手一样。

因为你曾是我，
我可以望着一个园子而不想别的东西，
可以在我的目光间选择一个，
可以去迎逅我自己。
或许现在在我的指甲间，
还留着你的一片指甲，
在我的睫毛间还羼着你的一根睫毛；
如果你的一个心跳混在我的心跳中，
我是会在这一些之间辨认它出来
而我又会记住它的。

可是心灵平稳而十分谨慎地
斜睨着我的
这位我的二十八岁的亡母，

你的心还跳着吗？你已不需要心了，

你离开了我生活着，好像你是你自己的姊妹一样。

你穿着什么都弄不旧了的就是那件衫子，

它已很柔和地走进了永恒

而不时变着颜色，但是我是惟一要知道的。

黄铜的蝉，青铜的狮子，黏土的蝮蛇，

此地是什么都不生息的！

惟一要在周遭生活的

是我的欺谎的叹息。

这里，在我的手腕上的

是死者们底矿质的脉搏

便是人们把躯体移近

墓地的地层时就听到的那种。

生 活

[法]苏佩维艾尔

为了把脚践踏在
夜的心坎儿上，
我是一个落在
缀星的网中的人。

我不知道世人
所熟稔的安息，
就是我的睡眠
也被天所吞噬了。

我的岁月底祖裸啊，
人们已将你钉上十字架；
森林的鸟儿们
在微温的空气中，冻僵了。

啊！你们从树上坠了下来。

心　脏

[法] 苏佩维艾尔

赠比拉尔

这做我的寄客的心，
它不知道我的名字，
除了生野的地带，
我的什么它都不知道。
血做的高原，
受禁的山岳，
怎样征服你们呢，
如果不给你们死？
回到你们的源流去的
我的夜的河流，
没有鱼，但却
炙热而柔和的河，
怎样溯你们而上呢？
寥远的海滩之音，
我在你们周围徘徊
而不能登岸，
哦，我的土地的川流，
你们赶我到大海去，
而我却正就是你们。

而我也就是你们，
我的暴烈的海岸，
我的生命的波沫。
女子的美丽的脸儿，
被空间所围绕着的躯体，
你们怎样会
从这里到那里，
走进这个我无路可通
而对于我又日甚一日地
充耳不闻而反常的
岛中来的？
怎样会像踏进你家里一样
踏进那里去的？
怎样会懂得
这是取一本书
或关窗户的时候
而伸出手去的？
你们往往来来，
你们悠闲自在
好像你们是独自
在望着一个孩子的眼睛动移。

在肉的穹窿之下，
我的自以为旁无他人的心
像囚徒一样地骚动着，
想脱出它的樊笼。
如果我有一天能够
不用言语对它说
我在它生命周围形成一个圈子，
那就好了，
如果我能够从我张开的眼睛
使世界的外表
以及一切超过波浪和天宇，
头和眼睛的东西

都降到它里面去，
那就好了！
我难道不能至少
用一支细细的蜡烛
微微照亮它，
并把那在它里面
在暗影中永不惊异地
生活着的人儿指给它看吗！

一头灰色的中国牛

[法]苏佩维艾尔

一头灰色的中国牛，
躺在它的棚里，
伸长了它的背脊，
而在同一瞬间
一头乌拉圭牛
转身过去瞧瞧
可有什么人动过。
鸟儿在两者之上，
横亘昼和夜，
无声无息地
飞绕了行星一周，
却永远不碰到它，
又永远不栖止。

房中的晨曦

[法]苏佩维艾尔

曦光前来触到一个在睡眠中的头，

它滑到额骨上，

而确信这正是昨天的那个人。

那些颜色，照着它们的久长的不做声的习惯，

踏着轻轻的步子，从窗户进来。

白色是从谛木尔来的，触过巴力斯丁，

而现在它在床上弯身而躺下，

而这另一个怅然离开了中国的颜色，

现在是在镜子上，

一靠近它

就把深度给了它。

另一个颜色走到衣橱边去，给它擦了一点黄色，

这一个颜色把安息在床上的

那个人的命运

又渲染上黑色。

于是知道这些的那个灵魂，

这老是在那躺着的躯体旁的不安的母亲：

"不幸并没有加在我们身上，

因为我的人世的躯体

是在半明半暗中呼吸着。

除了不要受苦难

188

和灵魂受到闭门羹

而无家可归以外，

便没有更大的苦痛了。

有一天我会没有了这个在我身边的大躯体；

我很喜欢推测那在床巾下面的他的形体，

那在他的难行的三角洲中流着的我的明友的血

以及那只有时

在什么梦下面

稍微动一动

而在这躯体和它的灵魂中

不留一点痕迹的手。

可是他是睡着，我们不要想吧，免得惊醒他，

这并不是很难的

只要注意就够了，

让人们不听见我，像那生长着的枝叶

和青草地上的蔷薇一样。"

189

等那夜

〔法〕苏佩维艾尔

等那夜,那总可以由于它的那种风所吹不到

而世人的不幸却达得到的极高的高度

而辨认出来的夜,

来燃起它的亲切而颤栗的火,

而无声无息地把它的那些渔舟,

它的那些被天穿了孔的船灯,

它的那些缀星的网,放在我们扩大了的灵魂里

等它靠了无数回光和秘密的动作

在我们的心头找到了它的亲信,

并等它把我们引到它的皮毛的手边,

我们这些受着白昼

以及太阳光的虐待,

而被那比熟人家里的稳稳的床更稳的

粗松而透彻的夜所收拾了去的迷失的孩子们,

这是陪伴我们的喃喃微语着的蔽身之处,

这是有那已经开始偏向一边

开始在我们心头缀着星,

开始找到自己的路的头搁在那里的卧榻。

消失的酒

保尔·瓦雷里

有一天，我在大海中，
（我忘了在天的何方，）
洒了一点美酒佳酿，
作奠祭虚无的清供……

美酒啊，谁愿你消亡？
我或许听了战士说？
或许顺我心的挂虑，
心想血液，手酹酒浆？

大海平素的清澄
起了蔷薇色的烟尘
又恢复了它的纯净……

美酒的消失，波浪酩酊！……
我看见苦涩的风中
奔腾着最深的姿容……

公 告

[法]爱吕雅

他的死亡之前的一夜
是他一生中的最短的
他还生存着的这观念
使他的血在腕上炙热
他的躯体的重量使他作呕
他的力量使他呻吟
就在这嫌恶的深处
他开始微笑了
他没有"一个"同志
但却有几百万几百万
来替他复仇他知道
于是阳光为他升了起来

192

一只狼

[法]爱吕雅

白昼使我惊异而黑夜使我恐怖
夏天纠缠着我而冬天追踪着我

一头野兽把他的脚爪放在
雪上沙上或泥泞中
把它的来处比我的步子更远的脚爪
放在一个踪迹上在那里
死亡有生活的印痕。

勇气

[法]爱吕雅

巴黎寒冷巴黎饥饿

巴黎已不再在街上吃栗子

巴黎穿上了我旧的衣服

巴黎在没有空气的地下铁道站里站着睡

还有更多的不幸加到穷人身上去

而不幸的巴黎的

智慧和疯癫

是纯净的空气是火

是美是它的饥饿的

劳动者们的仁善

不要呼救啊巴黎

你是过着一种无比的生活

而在你的惨白你的瘦削的赤裸后面

一切人性的东西在你眼底显露出来

巴黎我的美丽的城

像一枚针一样细像一把剑一样强

天真而博学

你忍受不住那不正义

对于你这是惟一的无秩序

你将解放你自己巴黎

像一颗星一样战栗的巴黎

我们的残存着的希望

你将从疲倦和污泥中解放你自己

弟兄们我们要有勇气

我们这些没有戴钢盔

没有穿皮靴又没有戴手套也没有受好教养的人

一道光线在我们的血脉中亮起来

我们的光回到我们这里来了

我们之中最好的人已为我们而死了

而现在他们的血又找到了我们的心

而现在重新是早晨一个巴黎的早晨

解放的黎明

新生的春天的空间

傻笨的力量战败了

这些奴隶我们的敌人

如果他们明白了

如果他们有了解的能力

便会站起来的

自 由

［法］爱吕雅

在我的小学生的练习簿上
在我们书桌上和树上
在沙上在雪上
我写了你的名字

在一切读过的书页上
在一切空白的书页上
石头、血、纸或灰上
我写了你的名字

在金色的图像上
在战士的手臂上
在帝王的冠上
我写了你的名字

在林莽上和沙漠上
在鸟巢上和金雀枝上
在我童年的回声上
我写了你的名字

在夜间的奇迹上
在白昼的白面包上
在结亲的季节上
我写了你的名字

在我一切青天的破布上

在发霉的太阳池塘上

在活的月亮湖沿上

我写了你的名字

在田野上在天涯上

在鸟儿的翼翅上

和在阴影的风磨上

我写了你的名字

在每一阵晨曦上

在海上在船上

在发狂的大山上

我写了你的名字

在云的苔藓上

在暴风雨的汗上

在又厚又无味的雨上

我写了你的名字

在晶耀的形象上

在颜色的钟上

在物质的真理上

我写了你的名字

在觉醒的小径上

在展开的大路上

在满溢的广场上

我写了你的名字

在燃着的灯上

在熄灭的灯上

在我的集合的房屋上

我写了你的名字

在我的镜子和我的卧房的

一剖为二的果子上

在我的空贝壳床上
我写了你的名字

在我的贪食而温柔的狗上
在它的竖起的耳朵上
在它的笨拙的脚上
我写了你的名字

在我的门的跳板上
在熟稔的东西上
在祝福的火的波上
我写了你的名字

在应允的肉体上
在我的朋友们的前额上
在每只伸出来的手上
我写了你的名字

在出其不意的窗上
在留意的嘴唇上
高高在寂静的上面
我写了你的名字

在我的毁坏了的藏身处上
在我的崩坍的灯塔上
在我的烦闷的墙上
我写了你的名字

在没有愿望的别离上
在赤裸的孤寂上
在死亡的阶坡上
我写了你的名字

在恢复了的健康上
在消失了的冒险上
在没有记忆的希望上
我写了你的名字

于是由于一个字的力量
我重新开始我的生活
我是为了认识你
为了唤你的名字而成的
自由

蠢而恶

[法]爱吕雅

从里面来

从外面来

这是我们的敌人

他们从上面来

他们从下面来

200

从近处来从远处来

从右面来从左面来

穿着绿色的衣服

穿着灰色的衣服

太短的上衣

太长的大氅

颠倒的十字架

因他们的枪而高

因他们的刀而短

因他们的间谍而骄傲

因他们的刽子手而有力

而且满涨着悲伤

全身武装

武装到地下

因行敬礼而僵直

又因害怕而僵直

在他们的牧人前面

渗湿着啤酒

渗湿着月亮

庄重地唱着

皮靴的歌

他们已忘记

为人所爱的快乐

当他们说是的时候

一切回答他们不

当他们说黄金的时候

一切都是铅做的

可是在他们的阴影下

一切都将是黄金的

一切都会年轻起来

让他们走吧让他们死吧

我们只要他们的死亡就够了

我们爱着的人们

他们会脱逃了

我们会关心他们

在一个新的世界的

一个在本位的世界的

光荣的早晨